KB000905

# 어두운

## 물

어두운 물

지은이 전건우
펴낸이 임상진
펴낸곳 (주)넥서스

초판1쇄 발행 2024년 6월 26일
초판2쇄 발행 2024년 7월 15일

출판신고 1992년 4월 3일 제311-2002-2호
10880 경기도 파주시 지목로 5
Tel (02)330-5500 Fax (02)330-5555

ISBN 979-11-6683-600-8  03810

**www.nexusbook.com**
&(앤드)는 (주)넥서스의 문학 브랜드입니다.

전건우
장편소설

# 어두운 물

&

| 차례 |

1부
·
현
천
강

玄川江

2부
·
무
꾸
리

3부
·
물
귀
신

1부

# 현천강

玄川江

## 인터뷰 ① 박길자 할머니

그때는 사흘 밤낮으로 비가 내렸던 거라. 아이고, 말도 못하지. 얼마나 끔찍했는데. 하늘에 구멍이 뚫린 것 같았다니까. 아니지, 구멍이 다 뭐야. 숫제 바가지로 퍼서 냅다 붓는 게 아닌가 할 정도였지.

그렇게 주야장천 내리니까 강물이 어찌 버텨? 이틀도 채 안 돼서 둑에 찰랑찰랑 닿을 정도로 불어나더니 사흘째 되는 날 밤에 결국 넘쳤지 뭐야. 마을 사람들이 다 달라붙어서 염병할 모래주머니니 뭐니 다 쌓아 봐도 소용없었어. 한밤중에 시커먼 강물이 넘어 들어오는데 아이고, 전쟁 때 난리는 난리도 아니었다니까! 사이렌인지 뭔지 울리고 사람들은 도망치라고 비명을 지르고…… 근데 아무리 그래도 물보다 빠르겠어? 마을이 진짜로 눈 깜박할 새에 물바다가 됐다니까.

물은 밀고 들어오지 세간은 챙겨야지 또 애새끼들도 대피시켜야지, 하여간 정신이 하나도 없었어. 그래도 용케 일찍 피한 사람들은 마을 뒷산으로 대피했는데, 그것도 못 한 사람들은 어쩌겠어? 전부 지붕에 기를 쓰고 올라갔지.

나? 아이고, 말해 뭐해! 난 그 둑 쌓는 데 있었다니까. 근데 대피하고 자시고 할 시간이 어디 있었겠어? 냅다 달렸지. 그땐 아직 내 무릎이 성했거든. 그런데 아까도 말했다시피 사람이 아무리 빨리 뛰어도 물은 못 당하지. 결국에는 눈에 보이는 아무 집에나 들어가서 지붕에 올랐던 거야. 밤이라 깜깜해서 몰랐는데 거기가 이장 집이었지. 당시 이장 고 양반이 그때 죽었어. 나는 자기 집 지붕에서 목숨을 구했는데 그치는 물살에 휩쓸려 어디까지 떠내려갔다가 보름이나 지나서 발견됐지. 썩을 놈의 물고기들이 거의 다 파먹어서 얼굴에 눈코입이 안 남아 있더래.

아무튼 말이야, 그 밤은 진짜로 지독했어. 한여름인데도 춥긴 또 어찌나 춥던지. 나는 주먹을 꽉 쥐고 몸을 요래, 쥐며느

리처럼 말고서 버텼어. 그래…… 살벌하게 추웠지만 그건 견딜 만했어. 진짜 견디기 힘들었던 게 뭔지 알겠나?

그건 소리였어, 소리.

넘친 강물이 마을을 휘저으면서 소리를 내더라고. 세상에 그 소리가 그토록 퍼붓던 빗소리보다 더 크게 들리데? 어휴…… 어떤 소리였는지 지금도 생생해. 여태도 들리는 것 같다니까! 그날 아주 그냥 귓구멍에 꽉 박힌 게 아닐까 싶어.

구오오오.

구오오오.

비슷하게나마 흉내를 낸다면 이런 소리였어. 커다란 산짐승이 으르렁거리는 소리 같기도 했고, 넓디넓은 수챗구멍으로 더러운 물이 한꺼번에 빨려 들어가는 소리 같기도 했지. 그것으로 끝이 아니었어. 끝이 아니었다니까. 그래! 다른 소리가 섞여 있었어. 우라질.

그게 뭔 소린고 하니, 물에 떠내려가는 가축들이 울어 대는 소리였어. 그나마 개들은 영리하게 미리 도망친 것들도 있었고 주인 따라 지붕에 올라간 놈들도 있었거든. 진짜 불쌍한 것들은 소였어, 소. 이 집 저 집 할 것 없이 소는 한두 마리씩 꼭 키웠는데 그놈들은 어쩔 수가 없었던 거야. 그 소들이 물에 떠내려가면서 우는 소리가 어찌나 끔찍하게 들리던지……

11

그때 죽은 사람도 꽤 됐어. 모두 아홉 명이었지. 이장까지 해서. 미처 피하지 못한 사람들은 속절없이 그냥 휩쓸려 간 거야. 것도 아니면 미련스레 집 안에 틀어박혀 있다가 물에 빠져 죽은 거고.

나는 이장 집 지붕에서 이틀을 버텼어. 우라질 비는 홍수가 나고도 하루를 더 내린 뒤에야 멈췄지. 참 겁나게 내리더라고. 어느 정도였느냐 하면, 지붕을 거의 삼킬 정도로 물이 찼다니까! 하루만 더 내렸으면 지붕 위에 피해 있던 나 같은 사람들도 꼼짝없이 물고기 밥이 됐을 거야.

그땐 뭐, 핸드폰도 없었으니까 우린 내처 구조를 기다리는 일 말곤 아무것도 못 했지. 어이구. 배고플 정신이 어디 있어? 물을 하도 마셔서 물배 부른 것만으로도 충분했다니까! 이틀쯤 지났나, 나라에서 헬기를 보내 주더라고. 목숨이 간당간당한 사람들은 헬기에 싣고 병원으로 데려갔지. 나중에는 다른 헬기가 먹을 것도 실어 오긴 했어. 그때 정도가 되어서야 물도 빠지기 시작했어. 난 지붕에서 내려왔지. 여전히 물이 고여 있긴 해도 발목 정도 오는 거라 그냥 젖은 채로 다녔어. 그때 생긴 무좀이 여태 괴롭히니 우라질 일이지, 참.

그러잖아. 불탄 흔적은 있어도 물 지나간 흔적은 없다고. 그 말이 딱 맞아. 마을에 남은 게 아무것도 없더라고. 다 떠내려갔어. 싹 다. 그래도 어쩌겠어? 산 사람들은 살아야지. 뒷산에 피해 있던 사람들도 내려오고 해서 일단은 수습을 시작했지. 참 막막하더라고. 물을 퍼내려고 해도 뭐가 있어야 퍼내지. 아무튼 손이고 발이고 다 동원해서 할 수 있는 만큼 했지. 그렇게 해서 제일 먼저 그나마 지낼 만하게 만든 곳이 마을회관이었어. 거긴 좀 높은 데 있어서 피해도 덜했거든. 그러고는 그날 밤에 다들 마을회관에서 잠을 잤지. 깔 것도 하나 없이 그냥 바닥에 눕기만 했어. 몸은 그야말로 파김치가 됐는데 이상하게 누우니 잠이 안 오는 거야. 오만 생각이 들었지. 나야 뭐, 그때도 혼자 몸이었으니까 식구들 걱정은 안 했는데 그래도 마음이 참 그런 거야. 가족을 잃은 사람들은 울고불고 난리도 아니었어. 밤이 되니까 다들 마음이 풀어져서 그랬던 거지.

그러고 바로 그 새벽에 일이 터졌어.

깜깜한 데 누워서 반은 울고 반은 자고 아무튼 그러고 있는데 누가 마을회관 문을 통통, 하고 두드리는 거야. 다들 그 소리에 귀를 기울였지. 어둠 속에서 누가 묻더라고. 누구냐고. 그도 그럴 것이 살아남은 마을 사람 모두 회관에 모여 있었거든.

근데 문 두드린 그 사람이 아무 대답도 안 하는 거야. 그러곤 또 문만 두드렸어.

통. 통.

그제야 오싹 소름이 돋았지. 나중에 말을 들어 보니 다른 사람들도 그랬대. 밖에서 문을 두드린 그것이 요렇게 옹송그리고 앉아 누군가가 나오기만을 기다리고 있는 것 같았지. 결국 나름 담이 세다는 윤 씨 영감이 자기가 나가 보겠다고 일어섰는데 숙자 할머니가 말리는 거야. 숙자 할머니로 말할 것 같으면 마을에서 나이가 제일 많았고 신기가 좀 있다 해서 오다가다 점도 좀 봐주고 했던 양반이야. 그 할머니가 그러대.

"안 돼. 문을 열어 주면 수귀가 들어올 거야."

그 말에 다들 어이쿠 싶었지. 그런 이야기 있잖아. 귀신은 인간이 허락하기 전까지는 절대 못 들어온다고. 그러고 보니 이상하더라고. 마을회관 문은 잠겨 있지도 않았거든. 마음만 먹으면 열고 들어올 수 있는데 문만 두드린 채 기다리는 건…… 아무래도 사람의 짓은 아니지.

그날 밤은 다들 뜬눈으로 샜어. 왜 안 그랬겠어? 나만 해도 너무 무서워서 심장이 벌렁벌렁 뛰더라니까!

다행히 아침이 되니까 군청 공무원들이고 군인들이고 나와서 복구를 도와주기 시작했지. 마을 사람들은 읍에 있는 학교 운동장에 임시 피난처를 만들어 거기서 지내게 됐고. 그러고 거의 한 달이 지나서야 우린 이 마을로 다시 돌아오게 됐어. 흙탕물도 싹 씻겼고 부서진 곳도 다 고쳐 줬지만 그렇다고 어디 예전과 같았겠어? 안 그래? 영 어색하고 뭣보다 섬뜩했지. 죽은 사람들이고 동물들이고 다들 한이 맺힌 채로 마을을 떠도는 것 같았거든. 아닌 게 아니라 그 이후로도 가끔씩 밤에 누군가가 대문을 두드리며 돌아다니는 일이 생겼지. 그것도 주로 비 오는 날에.

통. 통.

그렇게 문을 두드리는 고것의 정체는 아무도 몰라. 수귀일 수도 있고 아닐 수도 있겠지. 다만 우리 마을 사람들은 그럴 때 절대 문을 열어 주지 않아. 그러니까 자네들도 명심해. 누가 한밤에 문을 두드리면 무시하라고. 적어도 우리 마을에선 그러는 사람이 없거든.

# TAKE 1. 촬영

인터뷰를 따고 돌아오니 이미 촬영 준비가 거의 끝난 상태였다. 민시현은 이마에 맺힌 땀을 훔치며 발걸음을 서둘렀다. 괜히 늑장을 부렸다는 오해를 사기 싫어서였다. 마을에는 인터뷰에 응하려는 사람이 별로 없었다. 그나마 박길자 할머니를 만나지 못했다면 더 늦어졌으리라.

메인 작가인 전수라는 손차양을 한 채 강물을 바라보고 있었다. 평소라면 이리저리 참견하고 점검하고 다니느라 바쁠 텐데 의외의 모습이었다. 게다가 표정이 썩 좋지 않았다. 인상을 한껏 찌푸리고 있어 쉽게 다가가기 힘들었다. 단순히 강렬한 햇빛 때문인 것 같지는 않았다. 분명 무지하게 더운 건 사실이었고, 사정없이 내리쬐는 태양에 정수리가 익어 가는 것도 맞았다. 그렇다고 해서 별명이 악바리인 전수라가 날씨 때문에 멍하니 서 있는 건 아니지 싶었다. 민시현은 눈치를 살피다가 조심스레 다가갔다.

"선배님. 인터뷰 따 왔는데요."

"어! 그래?"

전수라는 한 박자 늦게 대답했다. 확실히 평소답지 않았다. 언제나 냉철하고, 또 그만큼 차가운 데다가 날카롭기까지 한 이 선배가 민시현은 늘 불편했다. 물론 그런 성격 덕분에 가장 인기 있는 탐사 보도 프로그램의 메인 작가 자리를 꿰차고 있는 거겠지만.

"박길자 할머니라고, 이 동네 토박이신데 30년 전 홍수 이야기를 해 주셨어요. 그리고 수귀 이야기도……."

"넌 아무 일 없었니?"

전수라가 말을 자르며 대뜸 물었다.

"네? 뭐, 뭐가요?"

민시현은 선배가 어떤 대답을 원하는지 알 수 없어 애매하게 되물었다. 전수라는 여전히 강만 보고 있었다. 마치 거기에 해답이 있기라도 한 것처럼. 덩달아 민시현도 강을 바라봤다. 드높은 절벽 사이로 구불구불 흐르는 강은 멋지기도 했지만 한편으로는 섬뜩해 보이기도 했다. 강에 얽힌 사연 때문만은 아니었다. '현천(玄川)'이라는 이름이 붙을 만큼 짙고 어두운 물 그 자체가 민시현에게는 공포로 다가왔다.

"귀걸이 한 짝이 떨어졌는데 도무지 찾을 수가 없어."

그 말에 민시현은 고개를 돌려 전수라의 귀를 살폈다. 아닌 게 아니라 왼쪽만 귀걸이가 없었다. 진주에 '卍'을 새겨 넣은 그 귀걸이는 전수라가 평소에도 부적처럼 여기며 걸고 다니던 물건이었다.

"어디서 떨어뜨리셨어요? 제가 찾아볼까요?"

민시현이 말했지만 전수라는 고개를 저었다.

"못 찾을 거야. 그거 선물해 주신 스님이 그랬거든. 잃어버린 순간 다시 못 찾을 거고, 그러면 영험함 역시 사라지니 조심해야 한다고."

"네……"

전수라가 그런 쪽, 그러니까 미신이라 부를 만한 것들을 잘 믿는다는 건 익히 아는 사실이었다. 〈비밀과 거짓말〉의 메인 작가이면서 미신에는 예민하다니, 그것 또한 아이러니한 일이었다.

〈비밀과 거짓말〉은 방송국의 간판 보도 프로그램이었다. 벌써 10년째 방송 중이다. 인기의 비결은 미스터리한 사건의 이면을 끝까지 파헤쳐 결국 진실을 드러내는 우직함에 있었다. 당연하게도, 미스터리한 사건 그 자체에도 시청자들은 큰 관심을 보였다. 제작진은 시류를 잘 읽어 사람들이 궁금해할 만한 아이템을 찾아냈다. 악명 높은 흉가의 비밀처럼 말초 신경을 자극하는 기획으로 흥미를 유발했다가도 독감 백신을 둘러싼 음모론을 다뤄 사회적인 메시지를 던지기도 하는 식이었다. 그 결과 〈비밀과 거짓말〉은 매 회 예능 못지않은 시청률을 기록하고 있다. 그런 만큼 구성 작가들 사이에서 〈비밀과 거짓말〉은 선망의 대상이었고, 또 그런 만큼 메인 작가인 전수라의 영향력은 상당했다. 피디인 박재민보다 전수라에게 더 잘 보여야 한다는 말이 괜히 도는 게 아니었다.

그런 이유로 민시현이 어떻게 맞장구를 쳐야 할지 진지하게 고민하고 있을 때 전수라가 다시 입을 열었다.

"내가 이 아이템 반대했던 거 기억하지? 이런 말 하면 어떻게 들릴지 모르겠지만 제보받았을 때부터 느낌이 싸했어. 수 귀니 뭐니 하는 것도 찜찜해. 찜찜한데, 더 신경 쓰이는 게 뭔지 아니?"

"뭔데요?"

민시현은 바로 되물었다. 전수라는 즉각적인 반응을 좋아했다.

"제작진들 여럿이 불길한 일을 겪었다는 거야, 나처럼. 누군 벌에 쏘이고, 누군 발목을 다치고, 또 누군 나뭇가지에 얼굴을 긁혔어. 그중에서도 제일 심한 사람이 양 팀장이야. 갑자기 열이 심하게 올라서 지금 응급실에 가야 하나 말아야 하나 그러고 있어."

양 팀장은 경호팀을 이끄는 사람이었다. 그가 응급실에 가야 할 정도면 상태가 꽤 심각하다는 뜻이었다. 양 팀장은 무술 유단자에다가 온몸 근육이 터질 듯 단단한데 그런 걸 다 떠나서도 도대체 고통이라는 걸 느끼는지 의심스러울 정도로 강인한 인물이었다. 소문에 의하면 요로 결석 진단을 받고도 촬영에 따라와서는 자기 할 일을 다 했다고 한다. 〈비밀과 거짓말〉은 프로그램 특성상 제작진이 위협을 받거나 위기에 놓이는 경우도 제법 되는데 그때마다 힘을 써 주는 게 양 팀장이 이끄는 경호팀이었다.

"그러니까 그게 두 시간 사이에 다 일어난 일이라는 말씀이죠?"

마을로 내려가 인터뷰를 따서 오는데 그 정도 시간이 걸렸다. 민시현의 물음에 전수라는 고개를 끄덕였다.

"그러니까 내가 찜찜하다는 거 아냐. 촬영장 분위기도 안 좋고. 피디님이 뜬금없이 수귀에 꽂혀서 밀어붙일 때부터 맘에 안 들었는데……. 뭔 바람이 불어서 제보 내용만 믿고 덜컥 촬영하겠다고 나선 건지 모르겠어. 쯧."

쯧.

말을 끝낼 때 혀를 차는 건 전수라의 버릇이었다. 그건 진짜로 짜증이 났다는 뜻이기도 했다.

그때였다.

"자, 촬영 시작합니다."

막내 피디인 김재형이 확성기에 대고 외쳤다. 서울에서 그리 멀지 않은 경기도라고 해도 어쨌든 여기까지 왔다. 수중 촬영 전문가는 물론이고 무당도 섭외해 데리고 왔고 지리학을 가르치는 유명 대학교수도 곧 도착할 것이다. 지금에 와서 촬영을 접을 수는 없었다. 그건 누구보다 전수라가 잘 알 테고 그렇기에 더 짜증을 내는 것인지도 모른다고, 민시현은 짐작했다.

"아무튼, 너도 조심해. 몸 사려."

전수라는 그 한마디를 남기고 돌아섰다. 민시현은 강을 잠시 봤다가 서둘러 전수라의 뒤를 따랐다. 먹빛 강물은 먹잇감을 노리는 맹수처럼 조용히 도사린 채 흘러가고 있었다.

제작진들은 모두 프로였다. 촬영 감독만 해도 경력이 20년이 넘었다. 척하면 척이었다. 음향도 마찬가지였고 기술 지원쪽도 다를 바가 없었다. 다만 그 모든 걸 지휘할 사람이 필요했고, 그 역할은 박재민 피디의 몫이었다.

"봅시다. 강을 쭉 비추면서 인트로 따는 동안에 그 누구냐, 무속인 준비하고. 무속인은 강둑 따라서 걸어오는 거야. 알았지?"

메인 피디인 박재민은 〈비밀과 거짓말〉을 맡은 지 5년째였다. 5년 사이 프로그램의 화제성은 물론이고 시청률까지 높아졌으니 그의 능력 하나는 확실했다. 다만 아무리 뛰어난 지휘자라 해도 악보 없이는 아무것도 못 하듯 박재민 피디 옆에는 항상 전수라가 붙어 있어야 했다. 악보를 만들어 내는 것, 그게 바로 전수라를 비롯한 작가들의 일이었다. 지금도 박재민은 대본을 보며 이리저리 지시하고 있었다.

카메라 뒤에 서 있던 민시현은 박재민의 말이 떨어지자마자 대기 차량을 향해 달렸다. 출연자를 준비시켜 데려오는 것도 막내 작가의 일이었다.

"애기신녀님. 지금 나오시면 됩니다."

형형색색 한복을 입고 스타렉스에 타고 있던 무당은 대번에 짜증을 냈다.

"더워 죽겠는데 뭘 이리 오래 기다리게 해? 신빨 떨어지게."

"죄송합니다. 죄송합니다. 이제 시작할 거예요."

민시현은 몇 번이나 허리를 숙였다.

"신녀님. 안 그래도 혈압 조심하셔야 하는데 진정하시고 후딱 다녀오시죠."

애기신녀 옆에서 연신 부채질을 해 주고 있던 남자가 말했다. 민시현은 남자가 자신과 비슷한 또래일 거라 짐작했다. 남자의 이름은 윤동욱. 그는 자신을 애기신녀의 매니저 겸 애동제자라 소개했다.

"어휴. 내가 이래서 방송에 안 나간다고 하는 건데."

툴툴거리며 차에서 내리는 애기신녀를 부축하며 윤동욱이 요령 좋게 말했다.

"아이고. 우리 신녀님이 방송 안 타면 대한민국 무속인 중에서 누가 방송 출연을 하겠어요? 안 그래요?"

안 그래요?

그 질문이 자신을 향한 것이란 사실을 뒤늦게 알아챈 민시현이 급히 고개를 끄덕이며 맞장구를 쳤다.

"그럼요! 저희가 아무리 조사를 해도 애기신녀님처럼 영험한 분이 없었어요."

"하여간 방송국 것들은 입에 발린 소리는 잘해요."

그렇게 말하면서도 애기신녀는 히죽 웃었다. 그는 업계에서 꽤 유명한 인물이었다. 나이는 60대 중반인데 화장을 진하게 해서인지 40대처럼도 보였다. 물론 호리호리한 몸매도 한 몫했다. 결혼은 안 했고 평생 무당으로 살아왔다. 애기 신을 모시는데 용하기로 소문이 자자해서 방송국 관계자나 연예인들이 많이 찾았다. 민시현이 아는 정보는 거기까지였다. 애기 신녀를 섭외한 작가는 따로 있었다. 그러고 보니 그 작가가 보이지 않았다. 조희정이라고, 민시현이 유일하게 편한 마음으로 대하는 사람이었다.

"신녀님께서는 저기 강둑에서부터 천천히 걸어오시면 돼요. 그 장면부터 찍을 거라서."

민시현이 가리킨 방향을 보더니 애기신녀는 한숨을 푹 쉬었다.

"더운데 또 저기까지 걸어가서 걸어와야 한다고?"

"네. 죄송합니다."

또 사과를 했다. 희정 언니가 그랬다. 막내 작가 시절에는 하루 중 죄송하다는 말만 백 번 넘게 하게 된다고. 그 말 그대로였다. 이제는 아예 입버릇이 되어 사과할 필요가 없을 때조차도 자동으로 고개를 숙이게 되었다.

"작가님께서 죄송할 필요가 어디 있나요? 자, 신녀님. 가시죠."

뒤이어 내린 윤동욱은 사람 좋아 보이는 미소를 지으며 말했다.

"어이구. 예쁜 처녀라고 편드는 것 좀 봐! 하여간."

애기신녀는 윤동욱의 어깨를 짝 때렸다. 그래도 화가 난 것 같지는 않았다. 윤동욱은 또 헤헤 웃으며 애기신녀를 데리고 걸어갔다.

"휴."

민시현은 그제야 안도의 한숨을 쉬었다. 사람 상대하는 건 언제나 어려웠다. 방송국 작가라 하면 글만 잘 쓰면 되는 줄 알았는데 그게 아니었다. 글다운 글을 쓰려면 적어도 3년 넘게 굴러야 했고 그렇게 구르는 동안에는 온갖 자료 조사에 출연자 섭외까지 도맡는 게 구성 작가의 일이었다. 또 하나, 사과하는 것까지.

"무속인 대기 오케이지?"

막내 피디가 물었다.

"네!"

민시현은 재빨리 대답했다.

"오케이. 3번 카메라 따라가면 되고요."

확성기를 내려놓은 막내 피디 김재형은 무전기에 대고 말했다. 무전기까지 들고 대규모로 촬영하는 건 오랜만이었다. 보통은 피디와 카메라, 그리고 작가 몇 명이 소수로 움직였다. 그런데 이번에는 무려 1박 2일 촬영이었다. 박재민 피디는 이번 녹화를 납량 특집으로 방송할 예정이라 했다.

"검은 강에 출몰하는 수귀의 정체는? 제목부터 죽이잖아, 안 그래?"

박재민은 기획 단계에서부터 그렇게 설레발을 쳤다. 전수라는 그때 이미 못마땅해했고. 아무튼 제법 큰 예산이 드는 이 촬영을 위해 오래 준비를 해 왔고 그런 만큼 멋진 장면이 나와야 한다고, 제작진 모두 비슷한 생각을 하고 있었다. 민시현도 마찬가지였다. 정말로 수귀가 존재하지는 않겠지만…….

민시현은 카메라가 애기신녀의 동선을 따는 틈에 대본을 확인했다. 다음은 강으로 직접 가서 촬영한다. 그런 뒤에는 대학교수가 등장해 강의 지리적 특성에 관해 설명하는 장면을 찍는다. 마침 교수가 도착했다는 무전이 날아들었다.

좋아.

민시현은 생각했다. 전수라의 걱정과 달리 지금까지는 순조롭게 풀리고 있었다. 막내이긴 해도 촬영장 전체 분위기는 처음 몇 컷에서 좌지우지된다는 것쯤은 알 정도가 되었다. 그런 점에서 민시현은 윤동욱이라는 남자가 고마웠다. 애기신녀가 어깃장을 놓을 수도 있었는데 그걸 잘 달래 준 게 윤동욱이었다.

"잠깐. 저건 누구야?"

무전기에서 박재민 피디 목소리가 울렸다. 민시현은 고개를 들고 주위를 두리번거렸다. 강둑을 걷는 애기신녀 뒤쪽으로 누군가가 달려오는 게 보였다. 처음에는 제작진 중 한 명인가 싶었는데 아니었다. 산발을 한…… 여자였다. 잔뜩 헝클어져 바람에 날리는 머리카락도 이상한데 더 눈길을 끄는 건 달리는 모양새였다. 여자는 두 팔을 앞으로 뻗은 채 휘휘 저으며 경중경중 달리고 있었다. 마치 애기신녀를 덮치려고 하는 것처럼.

"어어! 누가 좀 잡아!"

누군가가 소리쳤다. 민시현은 급히 애기신녀를 향해 달려갔다. 애기신녀를 찍던 카메라맨도 그제야 이상을 눈치챘는지 마구 손짓을 하기 시작했다.

"비켜요!"

카메라맨이 외쳤지만 여자는 더 맹렬한 기세로 달려왔다. 애기신녀가 뒤를 돌아봤다. 그러고는 자지러질 듯 비명을 질렀다.

"으악!"

"신녀님!"

민시현이 애기신녀를 부르며 강둑으로 올라섰을 때였다. 누군가가 그야말로 바람같이 달려 그의 옆을 지나갔다. 윤동욱이었다.

산발한 여자가 애기신녀를 덮치려는 아슬아슬한 순간, 윤동욱이 그 앞을 막아섰다. 그러면서 여자의 두 팔을 잡았다.

"캬캬캬캬캬캬캬."

여자가 내뱉는, 웃음도 아니고 비명도 아닌, 그렇다고 신음이라고 하기에도 괴이한 소리가 하늘에 울려 퍼졌다. 민시현은 오싹 소름이 돋아 그 자리에 멈춰 섰다. 여자는 윤동욱에게 팔이 잡힌 채로 온몸을 꺾어 댔다.

"으앙. 나 무서워."

바닥에 주저앉은 애기신녀가 울음을 터트렸다. 어린 여자아이의 목소리로.

# TAKE 2. 제보

〈비밀과 거짓말〉팀으로 제보가 날아든 건 한 달 전의 일이었다.

근래에는 이메일이나 SNS를 통하는 게 일반적인데 그 제보는 전화로 왔다. 전화를 받은 사람은 조희정이었다. 조희정은 전수라 다음 가는 연차로 거의 메인 작가와 다름없이 일했다. 그러면서도 목소리 높이지 않고 후배들도 두루두루 잘 챙겨 좋아하는 사람이 많았다. 전화 제보 같은 건 막내에게 미루는 게 일반적인데도 조희정은 자기가 받아 친절히 응대했다.

그러고는 아이템 회의에 올렸다.

제보 전화는 녹음이 원칙이었다. 피디들과 작가들은 다 같이 모여서 조희정의 통화 내용을 들었다. 민시현이 기억하기로, 그 제보는 그날 회의에 올라온 마지막 아이템이었다. 앞서 제출한 아이템들이 다 별로여서 박재민 피디 표정이 별로 안 좋았던 것도 민시현은 기억했다.

"제보자 목소리가 작아서 주의 깊게 들어야 할 거예요."

조희정은 그렇게 말하며 플레이 버튼을 눌렀다. 녹음기가 돌아가며 곧 조희정의 밝은 목소리가 들렸다.

– 네. 비밀과 거짓말 제작진입니다.

– 제보…… 해도 됩니까?

제보자의 목소리는 단순히 작기만 한 게 아니었다. 사포처럼 거친데 잔뜩 쉬기까지 해서 아득히 깊은 땅속 어딘가에서 들리는 것 같았다. 민시현은 귀에 온 신경을 집중했다.

– 그럼요. 제보는 언제든 환영입니다. 어떤 걸 제보하시려고요?

– 수귀…….

– 네? 다시 한번 말씀해 주시겠어요?

- 수귀가 있습니다. 물귀신.

- 아! 물귀신이요. 네. 알겠습니다. 혹시 물귀신, 그러니까 수귀를 목격하셨나요?

조희정의 대처는 능숙했다. 하루에도 몇 건씩 별의별 제보가 들어온다. 쓸 만한 것도 있지만 대부분은 황당하거나 어이없거나 아니면 둘 다인 경우가 많았다. 제보자가 물귀신 운운했다면 자기로서는 처음부터 건성으로 대답했을 거라고, 민시현은 속으로 감탄했다. 둘의 대화는 계속 이어졌다.

- 파주에 현천강이라고 있습니다. 거기 수귀가 삽니다.

- 파주, 현천강. 실례지만 이곳에 수귀가 산다는 증거 같은 게 있을까요?

- …….

- 여보세요? 제보자님. 여보세요?

- …… 강둑을 지나면…… 밤에…… 물에서 수귀가 나와 손짓을 한답니다. 같이 가자고.

- 아! 그러니까 그걸 직접 보셨다는 거죠? 조금 더 자세히 말씀해 주세요.

- 넷이 들어갔는데…… 둘만 나왔습니다. 수귀가 끌고 가서…….

- 익사 사고가 있었나 보군요. 경찰에 신고는 하셨습니까?

- 아무도 안 믿어 줘서…….

- 네. 한번 정리해 볼게요. 파주 현천강에서 익사 사고가 있었다. 맞죠?

- 네.

- 그런데 선생님 생각에는 그 사고가 수귀, 그러니까 물귀신 때문이라는 거죠?

- 네.

- 알겠습니다. 일단 선생님 성함 좀 알려 주시겠어요? 번호는 여기 뜨거든요.

- 나중에…… 나중에 다시 전화…….

- 아! 그러세요. 아무튼 선생님께서는 사고를 당하지 않으셔서 다행입니다.

- 나야.

- 네?

- 물에서 못 나온…… 둘 중 한 명…… 나야.


뚜뚜뚜.

통화는 거기서 끝났다. 남자가 전화를 끊은 것이다. 제작진들은 한동안 아무 말도 못 하고 서로의 눈치만 살폈다. 악의적인 장난 전화 같은데 어딘가 찜찜한 구석이 있었다. 민시현은 그렇게 느꼈고, 다른 사람들 역시 비슷한 감상일 거라 짐작했다. 침묵을 깨고 먼저 입을 연 사람은 조희정이었다.

"어떠세요? 느낌이 좀 이상하죠? 그래서 저도 조사를 좀 해 봤어요. 현천강은 파주에 실제로 있는 강이에요. 물귀신이 있는지는 모르겠지만 익사 사고가 꽤 빈번하게 발생하는 곳이라는 건 확인했어요. 거기에 현천이라는 이름이 왠지 익숙하다 싶어 좀 더 파 보니까 30년 전에 홍수가 크게 나서 강에 인접한 현천마을이 수몰되는 사건이 있었어요. 그때 사상자가 꽤 나왔다고 해요."

"근데 이게 아이템이 돼? 뭐, 인터넷에서 화제가 되는 곳도 아니고 지금 무슨 사건이 생긴 곳도 아닌데. 거기다가 아무리 들어도 장난 전화 같은데……."

전수라가 조희정에게 물었다. 다른 사람들 몇 명도 동의한다는 듯 고개를 끄덕였다.

"그게요, 좀 신경 쓰이는 구석이 있긴 해요."

"그게 뭔데?"

조희정의 말에 박새빈 피디가 물었다. 그는 전수라와는 신경전을 벌이거나 각을 세우긴 해도 조희정에게는 늘 우호적이었다. 그런 상황이 연출될 때마다 민시현은 조마조마해하면서도 자신 같아도 그럴 거라 납득하곤 했다. 그때도 마찬가지였다.

"실제로 보름 전에 현천강에서 낚시하던 네 명의 남녀가 물에 빠지는 사고가 있었어요. 그리고 그중 남자 한 명과 여자 한 명이 실종되었는데 여태 발견하지 못했고요."

"그럼 또 다른 남녀, 그러니까 살아남은 둘 중 하나가 제보한 거 아냐? 아니면 실종된 사람들 가족이거나. 아무래도 화제가 되어야 수색 작업도 더 활발하게 이뤄질 거 아냐. 안 그래?"

박재민 피디가 물었다. 조희정은 그런 질문을 할 줄 알았다는 듯 살짝 웃더니 이내 말했다.

"그것도 알아봤죠. 그런데 아니었어요. 전화기에 뜬 발신자 번호 있죠? 그 번호의 주인이 현천강에서 실종된 두 사람 중 한 명, 오민석 씨였거든요."

"뭐?"

박재민 피디가 멍한 표정으로 되물었고 다른 사람들은 그저 입만 벌린 채 조희정을 바라봤다. 민시현은 그때부터 심장이 뛰기 시작했다. 흔한 괴담 같은데 그걸 조희정의 입을 통해 들으니 믿을 수 없으면서도 한편으로는 오싹했다. 정작 그런 전화를 받고서도 여유로운 쪽은 조희정이었다.

"번호야 명의를 변경하면 누구나 사용할 수 있는 거잖아."

전수라가 말했다. 어딘지 불편한 표정이었다. 그 당시 민시현은 그게 그저 조희정을 견제하는 거라고만 생각했다.

"물론 그럴 수도 있죠."

조희정은 그 가능성에 대해 순순히 인정했다.

"아니야! 잠깐 있어 봐. 이거 뭔가 냄새가 나거든? 희정 작가가 제보받은 것부터 쫙 시작해서 딥하게 파고드는 쪽으로 하면 뭔가 시추에이션이 그려지지 않아? 귀신 중에서도 물귀신 쪽은 항상 인기가 많잖아. 그러고 보니 우리도 물귀신을 다룬 적은 없지. 안 그래?"

박재민 피디의 물음에 다들 고개를 끄덕이기는 했다. 그 말은 맞았다. 〈비밀과 거짓말〉에 물귀신이 소재로 등장했던 적은 없었다.

"피디님. 근데 좀 뜬금없지 않아요? 이슈 될 만한 게 없는데."

전수라가 말했지만 박재민 피디는 이미 물귀신, 아니 수귀에 꽂힐 대로 꽂힌 상태였다.

"작가들은 현천강 한번 조사해 보고, 피디들은 러프하게라도 촬영 계획 좀 짜 봐. 잘하면 납량 특집으로 내보낼 수도 있으니까."

회의는 마무리되었다. 전수라는 불만이 가득한 표정이었
지만 메인 피디의 지시를 거절할 명분은 없었다. 현천강 수귀
아이템은 그렇게 일사천리로 진행되었다.

"빨리 잡아!"

누군가가 외치는 소리에 민시현은 퍼뜩 정신을 차렸다. 덩
치 큰 경호원 한 명이 어깨를 치고 달려갔지만 민시현은 비틀
거리기만 했을 뿐 아픔도 느끼지 못했다. 여자에게서 눈을 뗄
수가 없었다. 윤동욱에게 붙잡힌 채 버둥거리는 여자는 한 마
리 까마귀처럼 보였다. 산발을 한 검은 머리카락과 희끗희끗
바랜 검은색 원피스 때문만은 아니었다. 빳빳하게 치켜든 목
을 홱홱 좌우로 돌려 대는 모습이 까마귀의 몸짓과 비슷했다.
게다가⋯⋯ 여자의 목은 비정상적으로 마르고 길었다.

"이게 무슨 일이야?"

조연출 중 한 명인 허현철이 놀란 표정으로 다가와 누구에
게랄 것도 없이 물었다. 다른 제작진도 하나둘 모여들었다. 그
사이 윤동욱은 경호원들에게 여자를 맡기고 애기신녀 쪽으로
향했다. 여자는 축 늘어졌고 이상한 소리도 더는 내지 않았다.
민시현은 그제야 현실로 돌아와 주위를 살폈다. 전수라가 멀
찌감치 떨어져서 아랫입술을 잘근잘근 씹고 있었다. 표정이

그 어느 때보다 어두웠다.

"현장 통제 이따위로 할 거야?"

박재민 피디가 버럭 소리를 질렀다. 리얼리티를 중요하게 여기는 프로그램이다 보니 촬영 현장에는 언제나 변수가 생겼다. 뭘 찍느냐며 불쑥 얼굴을 들이미는 사람 정도는 양반이었다. 촬영을 방해하는 경우도 부지기수였다. 〈비밀과 거짓말〉은 그런 상황조차도 다 카메라에 담았다. 그리고 필요하다면 방송에 내보냈다. 그런 것과 이번 일은 분명히 달랐다. 여자는 애기 신녀를 공격하려 했고 만약 윤동욱이 말리지 못했다면 큰 사고로 이어졌을지도 모른다.

"죄송합니다. 제대로 확인 못 했습니다."

김재형이 바로 고개를 숙였다. 사전에 카메라 동선을 체크하고 위험한 게 없는지 살펴보는 것도 막내 피디의 역할이었다.

"저기 저쪽, 수풀에서 튀어나온 것 같은데요?"

카메라맨이 억새풀이 가득한 강가 쪽을 가리키며 말했다.

"신녀님은 괜찮으세요?"

민시현은 윤동욱의 부축을 받으며 막 일어난 애기신녀를 향해 다가갔다. 그는 잔뜩 겁먹은 표정으로 부들부들 떨고 있었다.

"다치신 데는 없는 것 같은데 많이 놀라셨나 봅니다."

윤동욱이 말했다.

"죄송해요."

습관처럼 또 그 말이 튀어나왔다.

"그나저나 여기 진짜 살벌하네요."

윤동욱은 현천강 쪽을 보며 말했다.

"촬영장 분위기가 원래 이렇지는 않은데……."

"아뇨. 그 뜻이 아니라 강을 보고 말씀드리는 거예요. 저도 뭐, 아직은 아무것도 모르는 수준이지만 그래도 기라는 게 있잖아요. 그 정도는 느낄 수 있거든요. 이 강, 흉흉한 기운을 뿜고 있어요."

"아……."

민시현은 윤동욱의 시선을 따라 새삼 강을 바라봤다. 큰 소동 따위 아무 의미도 없다는 듯 강물은 묵묵히 흐르고 있었다.

"이분은 어떻게 할까요?"

그 소리에 민시현은 고개를 돌렸다. 경호원이 난감하다는 표정으로 여자를 붙들고 있었다. 거짓말처럼 얌전하게 변한 여자는 고개를 갸우뚱하며 사람들을 쳐다봤다.

그때였다.

"연수야!"

덜덜거리는 경운기 소리가 들린다 싶더니 누군가의 성마

른 외침이 강가에 울려 퍼졌다. 민시현은 다른 사람들과 같이 소리가 들린 쪽으로 돌아섰다. 마을로 연결되는 반대편 길에서 낡은 경운기가 달려오는 게 보였다. 곧 멈춰 선 경운기에서 목에 수건을 감은 노인이 냉큼 내리더니 강둑으로 씩씩거리며 올라왔다.

"이년아. 여기서 뭐 해?"

노인은 다른 이들은 보이지도 않는다는 듯 휘적휘적 걸어 여자에게로 갔다. 그런 뒤 냅다 여자의 손을 낚아채더니 가타부타 다른 말은 하지도 않은 채 강둑 아래로 끌고 갔다. 마치 말 안 듣는 망아지의 고삐를 당기기라도 하는 것 같았다. 그 모든 일이 단 몇 분 만에 시작됐다가 끝났다. 노인의 극적인 등장과 퇴장 앞에 제작진 중 누구도 끼어들지 못했다. 박재민 피디가 다시 입을 연 것은 경운기가 요란한 소리를 내며 멀어진 후였다.

"이런 일은 또 처음이네. 허⋯⋯."

스릴러와 블랙코미디를 섞어 놓은 것만 같던 에피소드가 끝나자 다들 정신을 차렸다. 해는 그사이 더 기세등등하게 열기를 내뿜고 있었다. 민시현은 핸드폰으로 시간을 확인했다. 어느새 2시였다. 오늘은 낮부터 밤까지 촬영해야 할 분량이 많았다. 더는 시간을 허비할 수 없었다.

"어떻게 할까요?"

허현철이 물었다. 그는 조연출들 중에서도 선임이었다.

"무속인 등장 컷은 생략하고 전문가랑 강부터 살펴보자고."

박재민 피디의 말에 다들 일사불란하게 흩어졌다. 민시현은 이곳에 도착했다는 대학교수를 찾으려고 막 걸음을 옮겼다. 그때 전수라가 인상을 찌푸린 채 다가왔다. 그러고는 대뜸 물었다.

"너 조 작가 봤어?"

"아뇨. 못 봤습니다."

민시현이 대답하자 전수라는 또 아랫입술을 씹었다. 뭔가 할 말이 더 있는 것 같은 표정이었다. 하지만 전수라는 혼잣말을 할 뿐이었다.

"내가 모를 줄 알고…… 내가 다 알아냈거든."


현천강 일대는 10년 전까지 개발제한구역으로 묶여 있었다. 꼭 그 때문만은 아니었다. 현천강이 그다지 잘 알려지지 않은 이유는 지리적 특성이 컸다. 파주 시내에서도 한참을 더 들어갈 뿐만 아니라 상대적으로 덜 유명한 조악산 자락을 감고 흐르는 탓에 예로부터 찾는 사람이 그리 많지 않았다. 그렇다고 자연경관이 아주 빼어난 것도 아니어서 민물낚시를 즐기는 사람들이나 가끔 찾는 곳이 현천강이었다. 물론 특색이 전혀 없는 건 아니었다. 짙푸르다 못해 숫제 검은빛이 도는 강물 색이 현천강의 특이한 점이었다. 그래서 이곳을 아는 사람들은 현천강이라는 이름 대신 '검은 강'으로 부르기도 했다.

"강물이 이렇게 짙은 색인 경우는 드물죠."

김상수 교수는 강을 가리키며 말했다. 카메라가 그의 손을 따라 강 쪽으로 이동했다가 다시 돌아왔다.

"보통은 아주 깊고 넓은 강, 그러면서도 도심에 인접한 한강이나 낙동강 같은 강들이 어두운 색을 띱니다. 물의 탁도를 좌우하는 건 여러 요인이 있는데 말이죠, 수심이 깊을수록 그리고 미생물이 많을수록 당연히 더 탁하기 마련입니다. 한강과 낙동강이 이에 해당하는 거죠."

바람이 불자 김상수 교수의 푸른색 넥타이가 나부꼈다. 이 더위에 넥타이를 매고 재킷까지 입고 온 그는 땀을 뻘뻘 흘리면서도 설명을 이어 갔다.

"이 강의 경우에는 글쎄요, 검사를 해 봐야겠지만 아마 무기물이 다량으로 함유되어 있어서 이렇게 어두운 색을 띠는 게 아닌가 싶거든요. 거기에 또 하나, 지금 보이는 강가는 수심이 깊지 않지만 조금만 들어가도 확 깊어질 거예요. 수중 지형이 급한 경사일수록 빛이 투과되는 양이 적어지거든요. 이러면 확실히 사고가 발생할 위험도 커지죠."

"그렇군요. 한 가지 질문이 있는데요, 이런 강에서 유독 물귀신 이야기가 많이 퍼지는 건 역시 사고가 빈번하게 일어나기 때문일까요? 사고가 잦으니 물귀신이 데려간다는 식으로."

카메라 너머에서 질문을 던진 사람은 박재민 피디였다. 김상수 교수는 잠시 고민하다가 대답했다.

"사람들은 언제나 논리적인 이유보다 심적으로 납득하기 쉬운 설명에 혹하는 편이죠. 수심이 갑자기 깊어지고 물살도 세니 자칫 물에 빠지기라도 했다가는 큰 사고로 이어질 수 있는 게 당연한 일인데도 그것보다는 물귀신이 끌어당긴다는 설명이 훨씬 즉각적으로 와닿잖아요? 그래야 더 조심하게 되고."

김상수 교수의 1차 촬영은 거기서 끝났다. 그는 카메라가 다른 곳으로 향하자마자 넥타이를 풀어 헤치며 물을 찾았다. 민시현은 들고 있던 생수를 가지고 얼른 달려갔다.

"많이 덥죠? 수고하셨습니다, 교수님."

민시현의 말을 듣는 둥 마는 둥 하며 물만 마시던 김상수 교수는 생수 한 통을 거의 다 비우고 나서야 한마디를 했다.

"어휴, 이제 살겠네."

"차에서 잠시 쉬고 계시면 다시 안내해 드리겠습니다."

김상수 교수는 민시현의 말이 떨어지기 무섭게 물었다.

"진짜 여기서 물귀신이 나와요?"

"네?"

"아니…… 내가 전문가로서 입장 때문에 의견을 내긴 했는데 사실 난 있다고 믿는 쪽이거든요."

"뭐, 뭐가요?"

"귀신. 오늘도 혹시 몰라서 부적을 받아서 왔거든요. 흉한 일 생길까 봐."

"그러시군요. 저희도 아직 확실한 건 몰라서 취재와 촬영을 하고 있거든요."

민시현은 웃음이 터지려는 걸 간신히 참으며 말했다. 부적 이야기를 하며 재킷 안쪽을 확인하는 김상수 교수의 행동이 꽤 익살스러웠다. 전문가로 섭외한 사람들 중에는 젠체하거나 까칠하게 구는 경우도 꽤 있는데 김상수 교수는 아닌 것 같았다.

"내가 말한 건 비밀입니다. 알았죠?"

슬쩍 웃으며 말하는 김상수 교수를 향해 민시현은 고개를 끄덕여 보였다.

"수중 촬영 들어갑니다!"

허현철이 외쳤다. 내내 긴장했던 민시현은 그제야 한숨 돌렸다. 수중 촬영은 그쪽 전문가들이 투입된다. 민간구조대를 섭외해 고무보트까지 띄운다고 알고 있다. 혹시 일어날지도 모를 사고를 사전에 방지하기 위해서였다. 그랬기에 수중 촬영은 준비부터 끝날 때까지 몇 시간은 걸린다. 그동안 작가들은 쉴 수 있었다. 돌발 상황이 생기지만 않는다면.

민시현은 분위기를 살피다가 아까부터 봐 둔 강가 나무로 이동했다. 여름을 한껏 머금은 울창한 나무였다. 그늘 밑에 앉아 한 시간만이라도 쉬고 싶었다. 수중 촬영을 하는 사이 무전기가 울리지 않는다면 조금 더 오래 쉴 수 있으리라.

〈비밀과 거짓말〉의 작가는 모두 여섯이었다. 그중 민시현이 나이도 제일 어리고 연차도 낮았다. 신문방송학과를 졸업한 후 기자 쪽으로 진로를 정했고 실제로 메이저 언론사에 합격도 했지만 그만두고 말았다. 그런 뒤 뒤늦게 구성 작가가 되었다. 사실 스물일곱에 막내 작가인 경우는 드물었다. 그나마 기자 생활을 1년 했던 게 이력이 되어 이 프로그램을 하게 되었다. 민시현은 〈비밀과 거짓말〉이 취재와 조사 위주로 만들어져서 다행이다 싶었다. 연예인을 상대하는 예능 작가였다면 이 정도도 버티지 못했을 것이다. 애초에 그쪽은 염두에 두지도 않았지만.

이런저런 생각을 하면서도 민시현은 무전기가 쏟아 내는 소리에 계속 귀를 기울였다. 언제, 누가 자신을 찾을지 알 수 없었다. 깊고 시원한 바람 한 줄기가 불어왔다. 나뭇잎이 쏴아아, 하는 소리를 냈다. 그때였다. 바람 끝에 뭔가가 너풀너풀 날아오다가 민시현의 무릎에 툭 떨어졌다. 처음에는 붉은 꽃무늬 스카프라 생각했다. 그래서 무심결에 집어 들었다. 아니었다. 흰색 댕기였고 울긋불긋한 건 온통 피였다. 그 사실을 알아챈 순간, 민시현의 눈앞이 확 밝아졌다. 그다음은 어둠이 엄습했다. 그리고 기다렸다는 듯 그것이 찾아왔다.

해가 내리쬐는 강가였다. 강물은 눈부시게 반짝였다. 바로 그 옆을 여자가 달리고 있었다. 흰색 한복을 입었고, 맨발이었다. 땋아서 묶은 머리카락 뒤쪽에 흰색 댕기를 매고 있었다. 30대 중반쯤 됐을까? 여자는 발바닥이 찢기고 발톱이 들고 일어나는데도 달리는 걸 멈추지 않았다. 무언가, 혹은 누군가로부터 도망치는 듯 보였다. 절박한 표정으로 달리던 여자는 결국 넘어졌다. 짧은 신음과 함께 여자가 몸을 일으키려 할 때 댕기가 풀어졌다. 다음 순간이었다. 낫이 여자의 목을 베고 지나간 건. 새빨간 피가 쏟아져 나왔고, 그러면서 흰색 댕기를 적셨다. 여자는 목의 상처를 손으로 막은 채 몇 걸음 더 가다가 푹 쓰러졌다. 그 위로 누군가의 목소리가 들렸다. **돌멩이 매**

**닳아서 강에 버려.**

"헉!"

민시현은 숨을 토해 내며 깨어났다. 아니, 깨어났다기보다는 그것에서 벗어났다. 어둠이 걷혔고 다시 주위가 밝아지면서 시야 역시 트였다. 모든 풍경이 정상으로 보였다. 단 몇 초, 그야말로 찰나의 순간이었지만 손바닥은 이미 땀으로 흥건했다. 민시현은 피 묻은 댕기를 얼른 가방에 집어넣었다. 다행히 본 사람은 아무도 없는 것 같았다.

사이코메트리.

누군가는 그것을 그렇게 불렀다. 영화나 소설에서는 멋들어진 능력처럼 묘사하기도 했다. 사이코메트리를 할 수 있는 초능력자가 미궁에 빠진 사건을 해결하는 이야기만 해도 몇 개나 되었다. 처음에는, 그러니까 자신이 물건에서 특정 기억을 읽어 낼 수 있다는 걸 알게 되었던 고등학생 때만 해도 그런 작품에 푹 빠졌다. 자기 역시 그런 영화, 소설, 만화 속 주인공들처럼 활약할 수 있으리라 생각하면서. 하지만…… 사이코메트리가 능력이 아닌 저주에 가깝다는 사실을 깨닫기까지는 그리 오랜 시간이 걸리지 않았다.

민시현은 잠시 고민을 하다가 일어났다. 불과 몇 분 전까지 평화롭던 나무 그늘이 이제는 불편하고 섬뜩한 장소로 변했다. 죽은 여자가 쓰러진 곳은 주변 풍경으로 봤을 때 이 나무 근처였다. 거기에 더해 실로 몇 년 만에 갑자기 찾아온 그것 탓에 정신을 차릴 수가 없었다. 민시현의 사이코메트리 능력은 예상치 못한 순간에 발현되곤 했다. 아무리 노력을 해 봐도 마음대로 컨트롤이 되지 않았다. 게다가 한번 그것을 보고 나면 온몸의 기운이 다 빠졌다. 후유증이 며칠씩 갈 때도 있었다.

"민 작가. 민시현. 어디 있어?"

때마침 무전기가 울렸다. 전수라 목소리였다. 민시현은 나무에 한 손을 짚고 호흡을 가다듬은 후 무전기에 대고 말했다.

"강가에 있습니다. 말씀하세요."

"당장 1번 차량 앞으로 와."

전수라는 거기까지만 말했다. 목소리만 들었을 때는 꽤 다급한 일인 듯했다. 민시현은 차라리 잘됐다 싶었다. 기운이 없긴 하지만 바쁘게 움직이는 편이 지금의 자신에게는 나은 일인 것 같았다. 물론, 방금 본 것을 잊을 수는 없었다. 분명히 살인이니까. 다만…… 사건이 언제 일어났는지는 모른다. 그거야말로 사이코메트리 능력의 또 다른 맹점이었다. 민시현이 확실히 아는 건 둘뿐이었다. 죽은 여자의 얼굴과 여자를 죽인 남자의 그 거칠한 목소리.

"마을에 가서 인터뷰 하나 더 따야겠어. 박 피디가 갑자기 다녀오래."

전수라는 카메라를 내밀며 말했다. 민시현은 그걸 말없이 받아 들었다. 원래 계획대로라면 민시현은 첫 인터뷰만 찍고 다음부터는 출연자들 관리만 하면 되었다. 갑자기 발생하는 인터뷰는 다른 작가 몫이었다. 그 작가, 민시현보다 1년 선배인 하희주는 스타렉스 뒷좌석에 거의 쓰러지듯 앉아 있었다.

"쟤가 갑자기 저래. 더위를 먹은 건지 아니면······."

전수라답지 않게 말끝을 흐렸다.

"제가 다녀올게요. 인터뷰해야 할 분 연락처와 주소 알려 주세요."

"알았어. 톡으로 보낼게."

"뭘 묻고, 어떤 걸 알아 오면 될까요?"

"이 강에서 민물고기를 잡아다가 식당에 대는 사람이 있나 봐. 하루걸러 한 번씩 배를 띄워 그물로 낚시를 한다니까 혹시 뭘 보거나 아니면 아는 게 없는지 알아보래. 박 피디가."

"네. 알겠습니다."

민시현은 고개를 끄덕였다. 그리 어렵지는 않을 것 같았다. 수귀 관련 인터뷰를 딸 때는 다들 거절을 해 애를 먹었는데 이번에는 그런 걱정은 안 해도 되지 싶었다.

"근데 너도 얼굴이 왜 그래? 컨디션 안 좋아?"

전수라가 물었다. 걱정한다기보다는 호기심 때문에 묻는 것 같았다. 민시현은 서둘러 대답했다.

"아뇨. 괜찮아요. 워낙 더워서 그런가 봐요."

"그래. 덥지. 진짜 졸라게 더운데 어떤 한 년은 쏙 빠져서 말이야 연락도 안 되고. 쯧."

누굴 말하는지 알 것 같았다.

"희정 선배…… 계속 연락 안 돼요?"

전수라는 민시현의 물음에 전혀 다른 대답을 했다.

"넌 뭐 이상하다는 생각 안 했니? 나는 희정이가 받았다는 제보, 아무래도 이상해서 좀 알아봤거든."

"그래서 뭘 알아내셨어요?"

전수라는 이번에도 제대로 된 대답을 안 했다.

"걔 혼자 도망간 거야. 아님 어디 시원한 데서 쉬고 있겠지. 박 피디가 분명 그러라고 했을 거야."

"네? 피디님이 왜……."

"넌 두 사람 그렇고 그런 사인 거 모르니?"

짜증 섞인 목소리로 외친 전수라는 금세 화제를 돌려 한마디를 더했다.

"빨리 다녀와. 저 구름 보이지? 비 소식은 없었는데 구름 몰려오는 게 심상찮아. 이렇게 습한 걸 보면 비가 내릴지도 몰라."

"네."

민시현은 대답과 함께 돌아섰다. 1초라도 빨리 전수라의 히스테리에서 벗어나고 싶었다. 희정 언니와 박재민 피디가 그런 사이라니, 도저히 믿기 힘들었다. 모든 게 전수라의 오해 내지는 모함이 아닐까 싶었다.

그나저나 희정 언니는 어디로 간 걸까?

인터뷰를 마치고 전화를 해 봐야겠다고 생각하며 막 강둑을 내려갈 때 전수라에게서 톡이 왔다. 민시현은 바로 확인했다. 톡에는 조칠복이라는 이름과 전화번호, 주소가 적혀 있었다. 그리고 짧은 한 문장도.

‒ 아까 한 말은 잊어.


현천강 옆으로 자리한 현천마을은 전형적인 촌락이었다. 강과 산에 둘러싸인 분지 형태였고 주민 대부분은 노인이었다. 그마저도 점점 수가 줄어 마을 곳곳에는 해마다 빈집이 몇 채씩 생겼다. 죽어 나가는 사람은 있는데 살아서 들어오는 사람은 없다. 그 간극이 곧 폐가로 연결되었다. 농작물 재배가 주 수입원으로 현재는 50가구 정도가 산다.

민시현은 마을 입구로 들어섰다. 더위 탓에 등허리를 타고 땀이 줄줄 흘러내렸다. 매미가 목청껏 울어 댔다. 강가에서는 들을 수 없던 소리가 현천마을에는 넘쳐 났다. 논두렁에서는 개구리가 연신 소리를 높여 노래를 불렀다. 아무래도 전수라 말이 맞을 것 같았다. 비가 올 걸 알고 개구리도 우는 거겠지. 비가 많이 내리면 촬영이 어려울 텐데…….

그런 생각들을 하며 민시현은 걸음을 서둘렀다. 일부러라도 딴 생각을 하고 바쁘게 움직였다. 그것을 본 충격에서 벗어나려고. 잘되지 않았다. 사이코메트리를 통해 본 것들은 대부분 부정적인 장면들이었고 그랬기에 언제나 심적인 타격을 입었지만 이번에는 차원이 달랐다. 누군가가 죽는 걸 본 건 처음이었다. 어떻게 해야 좋을지 알 수 없었다. 실제 그런 사건이 있었는지 조사해 봐야 하는 걸까? 아니면 실종된 사람이 있는지 알아봐야 하는 걸까? 경찰에 신고하는 게 맞는 걸까? 신고를 한다 해도 믿어 주기는 할까?

복잡한 고민이 꼬리에 꼬리를 물고 이어졌다. 민시현은 문득 발걸음을 멈췄다. 목적지에 도착한 것 같았다. 조칠복 씨의 집은 파란색 지붕이었다. 마당에는 같은 색의 트럭 한 대가 서 있었다. 트럭 화물칸이 수조 형태로 되어 있는 거로 봐서 박재민 피디가 원하는 사람이 맞는 것 같았다.

"안녕하세요?"

민시현이 인사를 하며 마당 안으로 들어섰을 때였다.

컹컹!

마당 안쪽에서 시커먼 개 한 마리가 불쑥 튀어나왔다. 엄청나게 큰 개였다. 뒷발을 들고 선다면 웬만한 성인 여성보다 클 것 같았다. 개는 날카로운 송곳니를 한껏 드러내며 미친 듯이 짖었다.

컹컹!

민시현은 꼼짝도 못 하고 얼어붙었다. 섣불리 도망갔다가는 개가 달려들 것만 같았다. 그렇다고 해서 가만히 서 있는 게 답이 될 것 같지도 않았다. 개는 짖으면서 조금씩 다가왔다. 금방이라도 공격해…….

"검둥이 이놈아! 시끄러워!"

누군가가 그렇게 외치자마자 개는 거짓말처럼 짖기를 멈췄다. 소리는 집 안에서 들렸다. 곧 풍채 좋은 까만 피부의 노인이 모습을 드러냈다. 완전히 센 머리카락과 태양에 잘 익어 구릿빛을 띠는 얼굴이 묘한 대조를 이루는 할아버지였다. 노인이 나타나자 개는 꼬리를 말고 어딘가로 달려가 버렸다.

"누구요?"

노인이 마루에 서서 물었다.

"아, 안녕하세요? 저는 방송국에서 나왔어요. 비밀과 거짓말이라는 프로그램인데…….'

"아! 강에서 촬영하고 있는 사람들?"

"네. 거기서 왔는데요, 혹시 조칠복 어르신 맞으세요?"

민시현은 서둘러 물었다.

"내가 조칠복은 맞는데 무슨 일로?"

맞게 찾아왔다. 민시현은 카메라를 들어 보이며 말했다.

"꼭 여쭤보고 싶은 게 있어서 인터뷰 요청을 드리려고요. 시간 괜찮으시면 말씀 좀 나눠도 될까요?"

조칠복은 뒷짐을 진 채 민시현을 한참 보다가 고개를 끄덕했다.

"뭐, 시간이야 많으니까. 들어와."

"감사합니다!"

민시현은 마당을 가로질러 집 안으로 들어가 운동화를 벗고 마루로 올라섰다. 그러는 동안 민시현은 알 수 없는 찜찜함을 느꼈다. 개 때문에 긴장한 탓이라고만 생각했는데 그런 것과는 조금 달랐다.

"거기 앉아 있어. 마루가 시원하니까 거기서 이야기하자고. 선풍기도 가져갈게."

햇빛이 들지 않아 그런지 방은 컴컴했고 그 안에서 조칠복의 목소리가 들렸다. 그 순간 민시현은 깨달았다. 동시에 팔뚝의 잔털이 모조리 일어나며 소름이 쫙 돋았다.

**돌멩이 매달아서 강에 버려.**

바로 그 목소리였다.

여자의 목을 낫으로 벤 뒤 무심히 툭 한마디를 던졌던 그 목소리.

민시현은 주먹을 꽉 쥔 채 마른침을 삼켰다. 도망가야 하나? 운동화를 구겨 신고 마당을 달려서…….

"덥지?"

민시현은 움찔했다. 조칠복이 선풍기를 들고 나타났다. 반들반들한 얼굴에 한껏 미소를 지은 채.

"아…… 네."

덥기는커녕 서늘할 정도였다. 민시현은 고개를 숙인 채 카메라를 만지작거렸다. 손이 떨렸다. 그 탓에 몇 번이나 실패한 뒤에야 간신히 카메라를 켤 수 있었다.

"자, 뭐가 궁금해? 물어봐."

카메라 패널 안에 조칠복의 얼굴이 가득 잡혔다. 그는 여전히 웃고 있었다. 방에 들어가서 빗질이라도 하고 나왔는지 하

안 머리가 가지런하게 누워 있었다. 민시현은 조칠복의 시선을 최대한 피하며 조용히 물었다.

"현천강에서 물고기를 잡으시죠?"

내가 여기 토박이야. 어릴 때부터 물고기 잡는 걸 배웠지. 아니, 배웠다는 건 좀 그러네. 애들끼리 놀면서 자연스레 익힌 거지, 뭐. 나뭇가지 긴 걸 주워서 끝에 낚싯줄을 매다는 거야. 그런데 낚싯바늘 이런 게 어디 있겠어? 커튼 고리 있잖아, 뾰족한 옛날 거. 엄마 몰래 그런 걸 빼다가 구부려서 낚싯바늘로 썼던 거야. 거기에 지렁이니 청개구리니 이런 걸 잡아서 꽂아 두면 그걸로 준비는 끝난 거지. 실제로 그런 것들로 팔뚝만 한 메기도 잡고 했다니까.

나도 처음엔 소를 키웠어. 우리 아버지가 돌아가시고 내가 물려받은 거지. 그래도 이 일대에선 우리 집 소가 제일 많고 제일 튼튼했어. 그땐 뭐, 소똥 냄새가 향기롭기만 했지. 허허.

그러다가 홍수가 터진 거야. 30년 전에.

여기가 비가 잦거든. 폭우가 내릴 때도 많고. 둑이 넘칠 때도 몇 번인가 있었는데 강물이 완전히 넘어 들어온 건 그때가 처음이었어. 난 지금도 그날을 못 잊어. 시커먼 물이 무섭게 들이닥치는데…… 나랑 식구들은 간신히 피했지만 소들이 다 떠내려갔지.

집이고 우사고 싹 다 쓸려 내려갔다니까!

소가 헤엄을 꽤 잘 치거든. 한 마리라도 헤엄쳐서 살지 않을까 했지만 웬걸, 물살이 워낙 세서 걔들도 빠져나오지 못한 거야. 몇 마리는 시체도 못 찾았어. 어디까지 흘러갔는지 아무도 모르는 거지.

아무튼 그 난리를 겪고 나서는 덧정이 없더라고. 소는 안 키우기로 했지. 정부에서 준 쥐꼬리만 한 보상금 받아서 시작한 게 농사야. 토마토 농사. 그 전까지 텃밭이야 가꾸긴 했지만 크게 농사를 짓는 건 처음이었거든. 온 식구들이 다 붙어서 매달렸는데 그것도 잘 안됐어. 왜 그런 말 있잖아. 일이고 뭐고 다 궁합이 있다고. 소 키우는 건 나랑 궁합이 맞았는데 토마토는 영 아니었던 거지. 어느 핸가 병충해가 돌아서 토마토 절반을 그냥 버리게 됐지. 그것도 출하 직전에 말이야. 에이, 이건 아니다 싶어서 이후로 농사를 접었어.

그러고 시작한 게 물고기 잡는 거였어. 그거야 뭐, 늘 하던 일이었지. 먹을 거 없을 땐 강에 가서 민물고기 잡아다가 죽 끓여 먹고 했으니까. 근데 파주에 식당들이 들어서고 하면서 민물고기 대 줄 사람이 필요하다는 거야. 메기매운탕, 잡어매운탕 파는 가게들 있잖아. 그런 곳에서 찾더라고.

나는 옳다구나 싶었지. 소소하게 낚시질하던 거에서 규모만 좀 키우면 될 것 같았거든. 그래서 싸구려 고무보트 하나 사고 그물도 사고 그랬지. 그땐 뭐, 그물만 던졌다 하면 물고기들이 잔뜩 잡혔어. 그때부터야. 본격적으로 이 일을 시작한 게. 큰돈은 못 만져도 먹고 살 만은 했지. 애들 대학교 보낼 정도도 됐고. 지금도 거래하는 식당이 다섯 군데나 돼. 이틀에 한 번씩 고기 낚아서 그곳들에 대 주고 하는 거지.

사고야 많았지. 이 강이 만만해 보여도 절대 그렇지 않거든. 물이 아주 깊어. 그래서 우리 어릴 때도 강가에서만 놀라고 어른들이 늘 주의를 줬거든. 깊이 들어가면 수귀가 끌고 간다고. 근데 멋모르고 외지에서 놀러 온 것들이 꼭 사고를 당했어. 수영을 하다가도 물에 빠지고 낚시를 하다가도 물에 빠지고 그러지. 무사히 빠져나오거나 누가 구조를 해 주면 다행인데 안 그런 경우에는 뭐, 황천길로 가는 거지.

지금껏 내가 건진 시체만 다섯 구야, 다섯 구. 강에서 사고가 발생하면 구조대에서도 나한테 도움을 청하거든. 내가 현천강은 또 구석구석 잘 아니까. 물에 빠져 죽으면 둥둥 뜨게 돼 있어. 그러다가 바위 같은 데 걸리는 거지. 그런 걸 내가 건져 내는 거야. 어떤 때 한번은 그물을 걷어 올렸는데 그 안에 시체가 있더라고. 물고기들이 얼마나 뜯어 먹었는지 원래 얼굴을 알아볼 수도 없겠더라고.

낚시꾼 둘이 실종된 건 나도 알아. 남자 둘, 여자 둘이서 보트 띄워 놓고 낚시하다가 그게 뒤집혔다고 하더라고. 가만있어 보자…… 그 사건도 거진 두 달 정도 됐을걸? 아무튼 몇 날 며칠 수색을 했는데 실종된 둘은 끝내 못 찾았어. 당연히 나도 도왔지. 시체가 떠오를 만한 곳을 다 살펴봤는데도 없더라고. 아마 더 아래로 떠내려갔을 거야. 사고 있기 며칠 전에 큰비가 내려서 마침 물이 잔뜩 불어 있었고 물살도 셌거든. 그럼 못 찾아. 찾아도 한참 걸리던가.

그 사고 있고 나서 한참 또 수귀 짓이니 뭐니 말이 많았지.

수귀는 염병. 난 그런 거 안 믿어. 거의 매일 내가 저 강에 가는데 수귀가 있으면 뭐라도 봤겠지. 안 그래? 현천강 물고기들은 내가 다 잡아 가는데 왜 난 가만두겠냐고. 내 말 맞지?

그러니까 뭔 목적으로 촬영을 하는지는 모르겠지만 수귀는 없다는 게 내 말이야. 그걸 찍고 싶다면 헛짓하는 거라고. 여기서 사고 나는 것들? 그것들 다 그럴 만한 이유가 있어서 그런 거라니까. 강을 얕잡아 보다가 전부 큰일 치른 거라고.

뭐? 30년 전 홍수 때 수귀 소문이 돌지 않았냐고? 에이, 이 사람아. 그땐 다들 신경이 예민해져서 미치기 일보직전이었어. 생각해 봐. 그리 많은 사람이 죽었는데 해괴한 소문 안 도는 게 이상한 거지.

그러니까 그쪽 아가씨도 잘 들어. 잘 듣고 가서 전해. 괜히 여기에 귀신 나온다 뭐다 해서 시끄럽게 하지 말라고. 사람들 몰려오고 하면 나 진짜 화낼 거야! 알았어?

# TAKE 3. 폭우

민시현은 조칠복의 집에서 한참 떨어져 그 파란 지붕이 보이지 않는 위치에 와서야 숨을 토해 냈다.

"하아."

온몸이 흠뻑 젖었다. 땀을 흘린 건 맞지만 날씨 때문이 아니었다. 식은땀이었다. 조칠복의 집에 머무는 내내 민시현의 몸을 더듬었던 서늘한 기운은 여전히 가시지 않았다. 분명했다. 그 노인이 하는 말을 들으면 들을수록 민시현은 확신했다. 같은 목소리였다. 말투도 똑같았다. 그렇다면…… 조칠복은 살인자였다.

어떡하지?

고민해 봐도 뾰족한 수가 안 생긴다는 건 민시현이 더 잘 알았다. 자신이 초능력자고, 우연히 사이코메트리를 했더니 살인 현장이 떠올랐고, 그때 들었던 게 바로 조칠복의 목소리이니 빨리 가서 체포하라고 말해 봐야 믿어 줄 사람은 아무도 없었다. 지금 필요한 건 증거였다. 혹시 죽은 여자의 댕기에 뭐라도 묻어 있지 않을까? 이를테면 조칠복의 DNA 같은 거.

민시현은 호흡을 고른 후 살짝 머리를 저었다. 혼자 고민해 봐야 답은 없었다. 누군가에게 의논하는 게 제일 빠른 일일 테고 그런 상대라면 희정 언니가 제격이었다. 일단은 촬영 장소로 돌아가 일을 하면서 희정 언니를 찾는 게 제일 좋은 방법 같았다.

빗방울이 떨어지기 시작한 건 민시현이 막 강둑으로 올라갔을 때였다. 제작진 중 한 명이 난감하다는 표정으로 손바닥을 위로 향한 채 하늘을 올려다보고 있었다. 하늘에는 먹구름이 가득했다. 겹겹이 쌓인 먹구름 탓에 한낮인데도 주위가 어두컴컴했다. 그야말로 몇 분 사이 일어난 변화였다.

"수중 촬영 철수합니다. 수중 촬영 철수······."

그런 무전이 흘러나오다가 중간에 끊어졌다. 강가에서 사람들이 분주하게 움직이고 있었다. 아무래도 갑자기 변한 날씨에 다들 당황한 모양이었다.

민시현은 1번 차량으로 향했다. 그사이 빗줄기는 점점 굵어졌다. 점점이 내리던 것이 이제는 후드득 소리를 낼 정도가되었다. 어깨에 멘 가방으로 카메라를 최대한 가린 채 민시현은 달렸다.

"선배님."

스타렉스 문을 열며 전수라를 불렀지만 안에는 아무도 없었다. 에어컨의 냉기가 남아 있는 거로 봐서 다들 딴 곳으로 옮긴 지 얼마 안 되는 것 같았다. 민시현은 차에 올라탄 뒤 전수라에게 다녀왔다고 톡을 보냈다. 모두 듣고 있는데 막내가 메인 작가를 무전기로 찾을 수는 없었다.

"작가님."

전수라의 답장을 기다리고 있는데 밖에서 누가 불렀다. 마침 문을 닫지 않은 상태였다. 민시현은 고개를 빼고 밖을 바라봤다. 윤동욱이 서 있었다.

"네. 무슨 일이세요?"

민시현이 묻자 윤동욱은 걱정스러운 표정으로 입을 뗐다.

"작가님께 말씀드리는 게 맞는지 모르겠는데…… 저희 신녀님 상태가 좀 안 좋아서요."

"네? 아까 놀라신 것 때문에……."

"아뇨. 그런 게 아니라, 여기서 뭔가 안 좋은 기운을 느끼시는 것 같은데 그것들이 다 몸으로 오는가 봐요. 신녀님이 원래 무척 예민하셔서 한번 접신을 하면 이곳저곳 많이 아파하시거든요."

윤동욱은 어떻게 설명해야 할지 모르겠다는 듯 난감한 표정이었다. 다행히 민시현은 바로 이해했다.

"그러니까 뭔가를 보고 느끼시는데 그게 통증으로 온다는 거죠?"

"아! 네. 그래요. 무속 쪽으로 잘 아시나 봐요. 대번에 이해해 주시고."

사실은 저도 그렇거든요.

민시현은 그 말은 삼키고 윤동욱을 향해 물었다.

"병원에 가서야 할 상황인가요?"

"그것보다는 제작진 중 아무나 와서 본인 말을 들어 줬으면 하시네요. 꼭 말해야 할 게 있다고 그러시면서."

"알겠습니다. 그럼 제가 피디님께 보고할게요."

"그 전에 먼저 같이 좀 가 주시겠어요? 하도 아무나 빨리 데리고 오라셔서."

윤동욱은 미안한 듯 머리를 긁적였다. 그 위로 속절없이 비가 내리고 있었다. 그제야 자신의 무신경함을 깨달은 민시현은 서둘러 스타렉스 밖으로 나갔다.

"비 맞고 계신데 죄송해요. 제가 센스가 좀 없어요."

민시현은 사과했다. 비는 이제 본격적으로 내리기 시작했다. 바닥의 흙이 금세 갈색으로 젖어 갔다.

"죄송하긴요. 갑자기 비 오는 것 역시 작가님 잘못이 아닌데. 하하."

윤동욱은 서글서글하게 웃었다. 애동제자라는 건 무당이 된다는 소리인데 이 윤동욱이라는 남자는 어느 모로 봐도 그쪽과는 어울리지 않았다. 민시현이 일 때문에 만나 본 무당, 그중에서도 박수무당은 특유의 분위기가 있었다. 날카롭고 예리한 분위기. 윤동욱은 그 사람들에 비한다면 차라리 운동선수 쪽에 가까웠다. 체격도 딱 그만큼 좋았다. 아니면 정말로 연예인 매니저나.

두 사람은 3번 차량으로 향했다. 불과 10여 미터 떨어진 그곳까지 가는 동안에 이미 머리와 어깨가 다 젖었다. 빗줄기는 초 단위로 굵어지는 것 같았다.

"다른 작가는 안 다녀갔죠?"

민시현은 3번 스타렉스 안으로 들어가며 물었다. 조희정을 염두에 두고 던진 질문이었다. 윤동욱은 고개를 저었다.

"다들 바쁜 모양이더군요."

"네……. 너무 덥죠? 에어컨 좀 틀어 드릴까요?"

스타렉스 안은 후텁지근했다. 시동을 걸고 잠시 에어컨을 트는 것쯤이야 일일이 허락받을 일도 아니었다.

"그게…… 저보다는 신녀님이 우선이라서."

그렇게 말하는 윤동욱을 보다가 민시현은 뒷자리의 애기 신녀에게로 고개를 돌렸다. 그는 몸을 잔뜩 웅크린 채 그야말로 오들오들 떨고 있었다. 립스틱을 칠해 빨갛던 입술이 생기를 잃어 숫제 푸른색으로 보였다.

"신녀님. 괜찮으세요?"

민시현이 묻자 애기신녀는 힐끔 쳐다봤다. 형형하던 눈빛역시 지금은 사라지고 없었다. 안구가 탁했다. 주름진 눈가가 파르르 떨렸다.

"나 춥고 무서워."

애기신녀는 아이 목소리로 말했다. 실제로 표정 역시 겁에 질려 있었다. 악몽을 꾸다가 일어난 여자아이 같았다.

"하실 말씀이 있다고 들었어요. 제가 지금 피디님을 부를게요. 중요한 이야기면 그분께……."

"비가 많이 올 거야. 진짜 많이 올 거야."

"네?"

"비가 엄청 와서…… 강물이 이만큼 불어날 거야. 그러면 거기서…….'

애기신녀는 말을 멈추고 손짓을 했다. 민시현은 망설이다가 가까이 다가가 귀를 가져다 댔다.

하아.

서늘한 입김이 민시현의 귓불에 닿았다.

"거기서…… 흉측하고 끔찍한 것이 물을 뚝! 뚝! 뚝! 흘리며 기어 나와. 나와서는…….'

목소리는 끊어질 듯 말 듯 이어지다가 점점 작아졌다. '나와서는' 다음 말은 거의 들리지 않았다. 민시현은 걱정되는 마음에 애기신녀의 안색을 살폈다. 그는 눈을 부릅뜨고 있었다. 그런 채로 민시현의 어깨 너머 어딘가를 노려봤다.

"신녀님?"

민시현은 애기신녀의 시선을 따라 고개를 돌렸다. 뒷좌석 창문이 눈에 들어왔다. 굵은 빗줄기가 창문을 때려대는 중이었다. 그 비를 그대로 맞으며 창밖 강둑 건너편에 누군가가 서 있었다. 남자인지 여자인지 분명치 않았다. 다만 마르고 어깨가 구부정하다는 건 알 수 있었다. 위아래로 모두 같은 색 옷을 입어 마치 길쭉한 막대처럼 보였다. 검붉은색 옷인 듯했다. 우산은 쓰지 않았다. 그 사람은 어깨를 숙이고 목을 길게 뺀 채 스타렉스 안을 들여다보고 있었다. 창문은 색이 짙어 밖에서 안을 볼 수 없다. 그럼에도……

…… 저 자는 차 안을 샅샅이 훑고 있다.

그런 생각을 떨칠 수가 없었고, 그랬기에 민시현은 굳은 채 창밖을 주시했다.

"무슨……."

윤동욱은 묻다가 말고 뭔가를 느낀 듯 차 문을 열었다. 그는 빗속을 한참 노려보다가 민시현을 향해 고개를 돌렸다.

그때였다.

귀를 자극하는 잡음이 들리는가 싶더니 무전기에서 다급한 목소리가 흘러나왔다.

"전 작가…… 전수라 작가 시체가…… 물에 떠올랐습니다!"

비는 계속 쏟아졌다. 폭우였다. 거의 앞이 보이지 않을 정도였다. 빗줄기는 저러다가 깨지는 게 아닐까 싶을 정도로 창문을 때려 댔다. 그 탓에 요란한 소리가 계속 울렸지만 방 안에 떠도는 무거운 침묵을 깨지는 못했다.

넓은 방에 제작진 모두가 둘러앉은 지 한 시간 정도가 지났지만 누구 하나 먼저 입을 열지 않았다. 간헐적으로 들리던 흐

느낌도 이제는 잦아들었다. 맹렬하게 퍼붓는 빗소리와 낡은 선풍기가 고개를 꺾어 대는 소리만이 정적의 틈을 메우고 있었다.

1박 2일 촬영이었기에 숙소는 준비가 되어 있었다. 현천마을의 여러 빈집 중 비교적 깨끗한 곳을 빌린 것이다. 거실과 큰방, 그리고 작은방이 딸려 있는 집은 제작진들이 하룻밤 정도 묵기에는 충분히 넓었다. 전수라의 시체가 작은방을 통째로 차지하지만 않았더라면.

갑작스러운 폭우에 현천강 쪽 진입로가 막혀 버렸다고, 신고를 받은 구급대원은 난감하다는 듯 말했다.

"어쩌죠? 내일 아침이나 되어야 복구가 될 텐데. 그때까지 사체는 꼭 시원한 곳에 두셔야 해요. 요즘 날씨가 워낙 더워서."

그나마 민간구조대가 있어 다행이었다. 해병대 마크가 들어간 붉은색 티셔츠를 똑같이 맞춰 입은 두 중년 남자가 전수라의 시체를 수습하고 숙소까지 옮겨 줬다. 그런 뒤 제작진에서 미리 준비한 성능 좋은 최신형 선풍기를 전수라에게 틀어 주었다.

"어떻게 된 일인지 누가 말 좀 해 봐."

한참 만에, 박재민 피디가 입을 열었다. 그런 뒤에도 침묵은 계속됐다.

"전 작가가 왜 강에 빠졌는지 본 사람 아무도 없어?"

그렇게 물은 것도 박재민 피디였다.

"그게…… 수라 선배는 1번 차량에 저랑 같이 있었거든요, 근데 전화를 받더니 나가 버렸어요. 뭐에 홀린 사람처럼."

하희주가 머뭇거리며 말했다. 그러고는 덧붙였다.

"그땐 저도 상태가 좀 괜찮아져서 선배를 따라서 나갔어요. 본격적으로 비가 쏟아지기 전이었거든요. 선배는 계속 통화를 하면서 강으로 내려갔어요. 전 수중 촬영 중인 걸 보러 가는 거라 생각해서 관심을 껐어요."

"누구하고 통화했는지는 모르고?"

박재민 피디가 물었지만 하희주는 고개를 저을 뿐이었다. 그때 김재형이 입고 있던 바람막이 주머니에서 뭔가를 꺼내 앞으로 내밀었다.

"강가에서 이걸 줍긴 했거든요. 이거…… 전 작가님 핸드폰 맞죠?"

맞았다. 민시현도 한 번에 알아봤다. 붉은색 케이스 덕분이었다. 다들 말없이 그 핸드폰만 바라봤다. 촬영 감독 중 한 명이 중얼거렸다.

"핸드폰이 있으면 뭐 해? 어차피 누구랑 통화했는지는 모르는데."

그랬다. 핸드폰 잠금을 풀지 않는 이상 통화 목록을 확인할 방법은 없었다. 그걸 풀 수 있는 유일한 사람은 죽은 채 누워 있다. 허연 얼굴을 하고서.

그 생각을 하자 오싹한 기운이 들어 민시현은 자기도 모르게 팔을 감쌌다.

"사고였을까요, 아니면……."

허현철은 뭔가를 물으려 하다가 말끝을 흐렸다. 잠자코 있던 김상수 교수가 입을 연 건 그때였다.

"안타깝게도 사고일 확률은 지극히 낮습니다. 그땐 지금처럼 폭우가 내리기도 전이었고, 현천강이 아무리 깊다 해도 그건 물 안까지 들어갔을 때 이야깁니다. 즉, 마음먹고 깊은 곳으로 들어가지 않는 이상 사고를 당하기는 어렵다는 말입니다."

"그럼 자살 아니면 살인이군요."

그 말을 꺼낸 사람은 의외의 인물이었다. 사람들 모두 애기신녀 옆에 앉은 윤동욱 쪽으로 고개를 돌렸다. 애기신녀는 윤동욱에게 기댄 채 눈을 꼭 감고 있었다. 자는 것 같지는 않았다. 나이를 짐작하기 힘들었던 그 얼굴에 세월이 새겨 넣은 흉포한 흔적이 고스란히 드러나 이제는 꽤 늙어 보였다. 반면 윤동욱은 말간 얼굴로 사람들의 시선을 받았다.

"그게 무슨 소립니까? 근거가 있는 말입니까, 아니면 그…… 무당의 감 같은 겁니까?"

박재민 피디가 물었다.

"사고가 아니라면 둘 중 하나일 수밖에 없지 않을까요?"

윤동욱의 말에 박재민 피디는 고개를 끄덕였다.

"그렇기는 하죠. 다만 두 가능성 모두 현실적이지 않아서……."

"그런데 조 선배는 어디 있는 거죠?"

하희주가 의문을 제기하자 모두 "아!" 하며 주위를 둘러봤다. 조희정이 없다는 걸 다들 그제야 안 눈치였다. 사람들은 당황한 표정으로 수군대기 시작했다. 민시현은 말을 할까 말까 망설이다가 조용히 입을 열었다.

"전수라 선배님이 조 선배를 계속 찾았어요. 어디에 있는지 궁금해했고요."

"맞아요. 조 선배, 종일 안 보였어요."

다른 작가 한 명도 같은 이야기를 했다. 민시현은 박재민 피디의 표정이 일그러지는 걸 놓치지 않았다.

"그런 일이 있었으면 보고를 해야 할 거 아냐! 여기까지 같이 왔잖아. 그런데 안 보인다고? 연락은 해 봤어?"

"네. 톡도 남기고 했는데 답이 없어요. 전화는 받지도 않고."

하희주가 말했다.

"그럼 뭐야? 사람이 실종이라도 됐단 거야?"

박재민 피디는 그렇게 물어 놓고 아차 싶었는지 입을 닫았다. 다시 숨 막히는 정적이 찾아오려는 찰나, 축 늘어져 있던 애기신녀가 혼잣말을 중얼거리기 시작했다.

"물에서 뭔가가 나왔어. 아주 깊은 한을 품은 뭔가가. 그것이 복수하려 들 거야. 화를 입기 전에 여길 떠야 해."

"그, 그게 무슨 말씀이세요?"

허현철이 물었다. 목소리가 떨렸다.

"그런 말이 있거든. 수귀는 다른 인간을 물에 빠트려 죽이면 그제야 밖으로 나올 수 있다고."

"네? 그럼 설마……."

작은방으로 고개를 돌린 건 허현철만이 아니었다. 모두 그쪽을 힐끔힐끔 훔쳐봤다. 방문은 조금 열려 있었다. 분명히 닫지 않았나? 민시현은 그런 생각을 하며 다시 애기신녀를 돌아봤다. 늙은 무당은 어느새 꼿꼿하게 앉아 눈을 지그시 감고 있었다. 왼손에는 칠성방울을 쥐고 있었다. 그러고는 길고 긴 한숨을 토해 낸 후 몸을 부르르 떨었다. 덩달아 방울이 요란하게 울어 댔다. 돌변한 애기신녀의 모습은 섬뜩함을 주기에 충분했다. 애기신녀는 알아들을 수 없는 말을 빠르게 읊조렸다.

"저분이 뭐라고 하시는 겁니까?"

김상수 교수가 윤동욱을 향해 물었다.

"조금 지켜보죠. 접신하신 것 같습니다."

윤동욱이 그렇게 대답했을 때였다. 애기신녀가 아무런 준비 동작 없이 벌떡 일어났다. 그야말로 보이지 않는 손이 머리를 붙잡고 일으켜 세운 것 같았다.

"어어!"

사람들이 놀라서 그런 소리를 냈다. 애기신녀는 일어선 그대로 눈을 치뜨고서 방울을 마구 흔들었다. 그러면서 고개를 홰홰 저었다. 앙다문 입술이 파르르 떨렸다. 다음 순간, 애기신녀가 몸을 뒤로 한껏 젖혔다. 곧 가슴이 부풀어 오르고 뒤이어 볼이 불룩 튀어나온다 싶더니 갑자기 무언가를 토하기 시작했다.

"컥컥."

물이었다. 애기신녀의 입에서 뿜어져 나와 바닥에 뿌려진 것은 시커먼, 그야말로 까만 물이었다.

"으악!"

누군가가 비명을 질렀고 다들 벽까지 한껏 물러났다. 윤동욱이 재빨리 일어나 애기신녀를 부축했다. 애기신녀는 가슴을 쥐어뜯으며 괴로워하다가 번득이는 눈으로 사람들을 노려봤다. 그러고는 쉿소리로 외쳤다.

"내가 그것들을 찾아내리라!"

뚝. 그것으로 끝이었다. 애기신녀는 그렇게 외친 것과 동시에 줄 끊어진 인형처럼 풀썩 쓰러졌다. 윤동욱은 그런 애기신녀를 붙잡고 바닥에 눕혔다.

"신녀님."

민시현은 애기신녀에게 다가갔다. 윤동욱이 애기신녀를 내려다보며 물었다.

"신녀님, 괜찮으세요?"

애기신녀는 거의 쥐어 짜내는 것처럼 한마디를 남기고는 눈을 감았다.

"아무도…… 나가면 안 되고…… 누구도…… 들이면 안 돼."

"신녀님!"

놀란 민시현이 애기신녀에게 손을 대려 하자 윤동욱이 말렸다. 그러고는 조용히 말했다.

"정신을 잃으신 것 같습니다. 호흡은 고르니 이대로 쉬시게 둬야 할 것 같습니다."

"알겠어요."

민시현은 고개를 끄덕였다.

"도대체 뭔 일이야, 이게."

제작진 중 한 명이 중얼거리는 소리를 들으며 민시현은 화장실로 향했다. 수건이라도 가져와 바닥을 닦아야 할 것 같았다. 화장실은 거실에 있었다. 대충 수건 몇 장을 손에 잡히는 대로 챙겨서 나왔다. 그때였다. 어두컴컴한 현관에 누군가가 서 있었다.

"악!"

민시현은 비명을 지르며 주저앉았다.

"뭐야?"

"무슨 일이야?"

방에서 사람들이 달려 나왔다. 누군가가 거실 불을 켰다. 몇 명이 동시에 흠칫 놀라며 "억!" 하는 소리를 냈다.

현관에 서 있는 건 그 여자였다. 낮에 갑자기 달려들어 촬영을 방해했던 여자. 그때와 마찬가지로 지금도 검은색 옷을 입고 있었다. 한 가지 다른 점은 비에 흠뻑 젖어 머리카락이 얼굴에 붙은 채였다.

"당신 뭐야? 여긴 왜 온 거야?"

경호원 중 한 명이 여자를 향해 소리 질렀다. 여자는 물색

없이 까르르 웃었다. 그러고는 이해할 수 없는 말을 했다.

"나는 봤다. 내가 봤다. 나는 다 봤다."

"누가 좀 빨리 끌어내."

박재민 피디의 말에 경호원이 여자에게 다가갔다. 그 순간 현관문이 벌컥 열리더니 낮의 그 노인이 기다렸다는 듯 들어 왔다. 장소만 다를 뿐 몇 시간 전과 같은 상황이었다. 민시현 은 주춤주춤 일어나며 여자와 노인을 바라봤다.

"연수야!"

노인이 버럭 소리를 지르자 여자가 움찔했다. 노인은 이번 에도 여자의 손을 거칠게 잡아끌었다. 그러고는 말없이 나가 려고 했다.

"어르신, 잠깐만요!"

박재민 피디가 불러 세웠다. 노인은 그제야 사람들과 눈을 마주쳤다. 마치 누군가가 지켜보고 있는 걸 지금 깨달았다는 듯 노인의 얼굴에 당혹감이 떠올랐다. 여자는 노인에게 손목 을 잡힌 채로 몸을 배배 꼬고 있었다. 실실 웃는 그 모습은 정 상과는 한참 멀어 보였다.

"미, 미안하게 됐습니다."

노인이 더듬거리며 한마디를 했다.

"사과는 됐고요, 저 여자분…… 도대체 누굽니까?"

허현철이 목소리를 높였다.

"제 손녀인데 보시다시피 정신이 온전치 않아서 폐를 끼치고 다닙니다. 미안합니다."

다시 사과하는 노인을 향해 이번에는 박재민 피디가 물었다.

"알겠습니다. 저희도 피해 본 건 없어 괜찮은데, 한 가지 궁금한 게 있습니다. 손녀분이 뭘 봤다고 하는데 그게 뭔지 혹시 알 수 있을까요?"

"그냥 하는 소릴 겁니다. 어릴 때 강에 빠져서 죽다 살아난 후로 종종 헛소리를 하곤 합니다. 신경 안 쓰셔도 됩니다."

"하지만……."

"어떤 언니가 강에 빠지는 걸 봤어. 내가 봤어. 내가 봤어! 내가 봤다고! 캬캬캬캬캬."

여자는 눈을 한껏 뜬 채 목젖이 다 보일 정도로 크게 웃었다. 민시현은 다시 까마귀를 떠올렸다. 깍깍거리며 울어 대는 까마귀.

"조용히 못 해? 뭔 쓸데없는 소리야!"

노인이 소리를 지른 순간, 윤동욱이 여자에게 조용히 다가갔다. 여자는 윤동욱을 보고는 흠칫 놀라며 한 발 물러섰다.

"그 뒤에도 봤어요? 언니가 물에 빠진 뒤에 어떤 일이 일어났는지…… 혹시 봤어요?"

윤동욱이 물었지만 여자는 대답 없이 노인 뒤로 숨었다.

"어허. 뭘 더 묻고 그러십니까? 이만 가 보겠습니다."

노인이 여자를 끌고 다시 현관문을 열었다. 두 사람이 막 밖으로 나가려 할 때 여자가 뒤를 힐끔 돌아보더니 재빨리, 속삭이듯 말했다.

"그게 밖으로 나왔다. 내가 봤어."

"어서 와!"

노인의 외침과 함께 문이 닫혔다. 섀시로 된 검은색 현관문을 향해 윤동욱이 다가갔다. 그러고는 잠금장치를 돌렸다. 철컹, 하는 소리가 울려 퍼졌다. 윤동욱이 사람들을 돌아보며 말했다.

"날이 밝을 때까지 누구도 들어서는 안 됩니다. 밖으로 나가는 사람도 없어야 하고요."

"이유를 알 수 있습니까? 쓰러진 무당도 같은 이야기를 했는데."

박재민 피디가 물었다. 그는 전수라와 달리 철저히 논리적인 사람이었다. 미신 같은 건 믿지도 않았고 평생 점 한 번 본 적 없다고 일전에 자기 입으로 말한 적도 있었다. 두 사람의 상반된 성향 덕분에 프로그램의 균형이 잘 맞았던 건지도 모른다고, 민시현은 새삼 생각했다. 박재민 피디는 모두가 겁에 질려 있는 이 순간에도 이유를 찾았다. 납득할 만한 이유를 대야 윤동욱의 말에 따르겠다는 뜻을 노골적으로 드러내면서.

윤동욱은 굳은 얼굴로 말을 하려다가 잠시 멈칫했다. 그러고는 곧 원래 표정으로 돌아왔다. 부드럽고 유들유들한 표정. 민시현은 윤동욱이 찰나의 순간 마음을 바꿔 먹었다는 걸 눈치챘다.

"이렇게 비도 많이 내리고 사고까지 났으니 조심해서 나쁠 건 없죠. 그런 의미로 드린 말씀입니다."

박재민 피디는 못마땅해하는 것 같으면서도 일단 고개를 끄덕였다.

"자자, 사건은 사건이고 일단은 좀 쉬죠. 누울 사람은 눕고, 배고픈 사람은 뭐라도 챙겨 먹고."

멍하니 서 있던 사람들이 허현철의 말에 움직이기 시작했다. 민시현은 방으로 들어가 바닥을 닦았다. 여전히 심장이 두근거리는 했지만 피곤한 것 역시 사실이었다. 조금이라도 좋으니 자고 싶었다. 물론, 배고픔 같은 건 느낄 수도 없었다. 민시현은 다른 사람들도 마찬가지일 거라 짐작했다. 옆방에 전수라의 시체를 두고 컵라면 같은 걸 먹을 정도로 무신경한 사람은 없으리라.

민시현이 바닥을 다 닦고 막 일어서려던 때였다. 창밖이 번쩍 하고 밝아졌다. 그리고 다음 순간 집 안의 모든 불이 한 번에 꺼졌다. 정전이었다.

"가지가지 하네. 젠장."

어둠 속에서 누군가가 구시렁댔다. 누구인지 몰라도 민시현 역시 같은 마음이었다. 이 밤이 도대체 어떻게 끝날지 예상조차 할 수 없었다. 단 하나, 자신이 쉽게 잠들지 못하리라는 사실만은 어렴풋이 짐작할 수 있었다.


처음에는 각자의 핸드폰 불빛 덕분에 정전이라는 걸 그리 인지하지 못했다. 어둠보다 먼저, 그리고 치명적으로 다가온 건 더위였다. 낡았어도 본연의 역할에는 충실했던 선풍기가 돌아가지 않자 실내 온도가 빠르게 올라갔다. 비바람 탓에 창문을 열 수도 없는 노릇이었다. 가만히 있어도 땀이 줄줄 흘렀다. 결국 한둘씩 핸드폰을 내려놓고 최소한의 옷만 걸친 채 벽에 기대거나 바닥에 드러누웠다. 핸드폰 불빛이 사라지자 어둠이 켜켜이 쌓였다. 민시현은 어둠 속에 오도카니 앉아 있다가 더위와 답답함을 도저히 참을 수 없어 조심스레 거실로 나갔다.

"휴."

민시현은 거실로 이동한 뒤에야 작게 한숨을 쉬었다. 거실은 인구 밀도가 현저히 낮았다. 전수라의 시체가 누워 있는 작은방과 가깝다 보니 사람들이 거실에 머무는 걸 꺼리는 것 같았다. 민시현 역시 신경이 쓰였지만 갑갑한 것보다는 나았다. 게다가 거실에는 현관문 틈으로 바람도 제법 불어 들어왔다.

거실 제일 구석에 자리를 잡고 앉았다. 그나마 작은방과는 거리가 있었지만 하필이면 대각선으로 방문이 보이는 위치였다. 방문은 여전히 조금 열린 상태였다. 물론 워낙 어두워 아무것도 보이지는 않았지만 방 안에 전수라가 있다는 사실이 변하는 건 아니었다. 죽은 이와 같은 공간에 있다고 생각하는 것만으로도 소름 끼쳤다. 한편으로는 마음이 아프기도 했다. 조금 전까지는 정신이 너무 없어 슬픔을 느낄 새도 없었는데 이제는 아니었다. 민시현은 언젠가 책에서 읽었던 구절을 떠올렸다. 비극은 국지성 호우처럼 갑자기 찾아와 맹렬한 슬픔을 남기고 사라진다. 딱 그 말이 맞았다. 바로 몇 시간 전까지 이야기를 나눴던 사람이 허망하게 떠난 뒤 남은 것은 애도하는 마음뿐이었다.

민시현은 마음을 추스르며 벽에 등을 기댔다. 그때였다. 손가락에 뭔가가 닿았다. 딱딱한 물체였다. 무심코 그걸 들어 올렸다. 어둠 속에서도 그게 핸드폰이고, 죽은 전수라의 것이라는 건 알 수 있었다. 그리고 다음 순간 눈앞이 확 밝아졌다가 어두워졌다가를 반복했다. 민시현은 속절없이 사이코메트리 상태에 빠져들었다.

먹구름이 몰려와 어두워지기 시작한 강가였다. 찡그린 표정의 전수라 얼굴이 강물에 비치고 있었다. 전수라는 통화 중이었다. 도대체 어디서 뭐 해? 왜 사람을 오라가라야? 넌 어디 있어? 쯧. 상대방 목소리도 들렸다. 전 선배, 잠시만 기다려요. 내가 다 설명할게. 선배가 오해하는 거라니까요. 전수라가 다시 말했다. 뭐? 오해? 오해하고 말고 할 게 어디 있어. 팩트가 있는데! 그래요, 선배. 팩트도 중요한데 그래도 당사자 이야긴 들어 봐야 하잖아요. 내가 설명할 테니까 조금만 기다려. 전수라의 목소리가 높아진 건 그때였다. 얘! 설명이고 뭐고 다 필요 없고 난 내가 아는 대로 이야기할 거야. 내가 알아낸 대로……. 전수라는 말을 끝내지 못했다. **죽어!** 그런 소리가 뒤에서 들린 것과 동시에 갑자기 균형을 잃고 넘어졌다. 시커먼 강물이 덮쳐 왔다. 핸드폰을 떨어뜨린 건 그 직후인 듯했다. 허우적거리는 소리가 들리다가 일순간 사라졌다. 그것으로 끝이었다.

"허억!"

사이코메트리에서 벗어나자마자 민시현은 허겁지겁 숨을 쉬었다. 쉽사리 진정되지 않았다. 마치 자신이 물에 빠졌다가 간신히 살아 나온 것 같았다. 숨이 가쁘고 눈앞이 빙글빙글 돌았다. 민시현은 가슴을 쥐어뜯었다. 그때 부드럽고 차분한 목소리가 들렸다.

"괜찮아요. 천천히…… 천천히 숨을 쉬세요. 그리고 깊게."

민시현은 망망대해에서 부표를 붙잡는 심정으로 그 목소리를 따라 숨을 쉬었다. 천천히, 그리고 깊게. 천천히, 그리고 깊게. 천천히…….

얼마나 시간이 지났을까, 민시현은 호흡이 돌아오고 공황 상태에서 차츰 회복하고 있다는 걸 느꼈다.

"후우."

천천히, 그리고 깊게 마지막 숨을 토해 내고 나니 그제야 살 것 같았다. 시야도 트였다. 덕분에 자신 앞에 앉아 걱정스러운 표정으로 바라보는 윤동욱을 발견할 수 있었다.

"좀 나아졌어요?"

윤동욱이 물었다.

"네."

민시현은 괜히 쑥스러워 고개를 숙였다. 다행히 윤동욱 말고 다른 사람들은 알아채지 못한 것 같았다. 별다른 반응이 없었다. 그나저나 윤동욱은 어디서 불쑥 나타난 건지 그게 궁금했고, 더불어 고마운 마음이 들었다. 윤동욱이 아니었다면 훨씬 더 오래 고통받았으리라.

"스트레스 때문에 일시적으로 호흡이 힘들어지는 경우가 있죠. 지금 상황에서는 정상적으로 버틴다는 게 거의 기적일 겁니다."

그게 아니라고 말하고 싶었지만 민시현은 입을 닫았다. 설명할 재주도 없었지만 조금 전의 사이코메트리가 워낙 충격적이라 도무지 정신을 차리기 힘들었다. 호흡은 돌아왔지만 저 혼자 날뛰기 시작한 심장은 좀체 제자리를 찾지 못했다. 두근대는 소리가 윤동욱에게까지 들리지 않을까 걱정될 정도였다.

"고맙습니다. 이, 이제 괜찮아졌어요."

결국 그 정도로 얼버무리고 말았다. 윤동욱은 자리를 뜨지 않고 민시현을 똑바로 바라봤다. 윤동욱의 깊고 부드러운 눈빛은 어둠 속에서도 반짝였다. 민시현은 그 눈이 자신의 속마음을 꿰뚫어 본다는 느낌을 받았고 반사적으로 몸을 웅크렸다. 윤동욱은 그제야 천천히 일어났다.

"쉬세요. 혹시 또 도움 필요하면 말씀하시고. 저도 거실에 있을 테니까."

"네."

민시현은 돌아서는 윤동욱의 등에 대고 고개를 숙였다. 그런 뒤 원래 자세로 돌아가 벽에 기댄 채 가만히 눈을 감았다.

자신이 본 장면이 머릿속에서 떠나지 않았다. 도대체 무슨 일인지 아무리 정리를 하고 이해를 해보려 해도 불가능했다. 민시현은 이미 알고 있었다. 그것을 해석하려 해 봐야 아무 소용없다는 것을. 사물에 깃든 기억은 거짓말을 하지 않는다. 그러니 사이코메트리를 통해 본 장면 역시 그 자체로 믿고 받아들여야 한다. 그렇다면…….

통. 통.

예상치 못한 소리가 들린 건 민시현이 한참 기억을 더듬고 있을 때였다.

통. 통.

소리의 출처는 금세 알 수 있었다. 현관문이었다. 누군가가…… 밖에서 현관문을 두드리고 있었다.

비바람이 쏟아 내는 굉음 속에서도 문 두드리는 소리는 제법 선명하게 들렸다. 거실에 있던 사람들이 먼저 반응했다.

"뭐야?"

"누가 온 것 같은데?"

그런 이야기를 하며 다들 현관문으로 다가갔다. 그러자 큰방에 머물던 사람들 역시 하나둘 거실로 나왔다. 그사이에도 바깥의 누군가는 끈질기게 문을 두드려 댔다.

통. 통. 통.

"누구세요?"

허현철이 물었다. 대답은 돌아오지 않았다. 퉁. 한 번 두드릴 때마다 문이 파르르 떨었다.

"아까 그 여자 아냐?"

누군가가 짜증 섞인 목소리로 말했다. 민시현은 불안한 표정으로 현관문을 바라봤다. 박길자 할머니가 인터뷰 때 했던 말이 떠올랐다.

- 다만 우리 마을 사람들은 그럴 때 절대 문을 열어 주지 않아. 그러니까 자네들도 명심해. 누가 한밤에 문을 두드리면 무시하라고. 적어도 우리 마을에선 그러는 사람이 없거든.

"누군지 열어 봐."

어느새 현관으로 다가온 박재민 피디가 말했다. 허현철이 고개를 끄덕이며 문 앞으로 다가갔다.

"안 돼요!"

"안 됩니다."

민시현과 윤동욱은 동시에 외쳤다. 허현철이 멈칫했다. 박재민 피디를 비롯해 다른 이들이 두 사람을 쳐다봤다.

쿵. 쿵. 쿵. 쿵.

또 소리가 들렸다. 이번에는 조금 더 커졌다. 조금 전까지 검지를 세워 두드렸다면 이제는 주먹으로 치는 것 같았다.

"누군지 궁금하잖아요. 도움이 필요한 사람일지도 모르고."

박재민 피디가 윤동욱을 향해 말했다.

"도움이 필요하다면 말을 했겠죠. 아까 말씀드렸다시피 누구도 들여선 안 되고……."

그때였다. 윤동욱의 말을 자르며 밖에서 귀에 익은 목소리가 들렸다.

"좀 열어 주세요. 저 조희정이에요."

"희정 언니?"

민시현이 멍하니 되물었다. 작게 중얼거린 거라 들릴 리가 없었을 텐데도 바깥에 선 사람은 대번에 답을 했다.

"응. 시현아. 나야 희정 언니. 너무 추워. 문 좀 열어 줘."

"뭐해? 조 작가라고 하잖아. 빨리 열어 줘!"

박재민 피디가 다시 말했다. 허현철이 문을 열려는 순간 윤동욱이 어깨를 잡고 당겼다.

"안 된다니까요!"

"뭐야?"

허현철이 비틀거리다가 중심을 잡은 후 대번에 눈을 부라렸다. 분위기가 순식간에 험악해졌다.

"이성적으로 생각해 보세요. 이 늦은 밤에 갑자기 누군가가 나타나 문을 열어 달라고 할 리가 없지 않습니까?"

윤동욱이 박재민 피디를 향해 말했다.

"마, 맞아요! 너무 이상해요. 희정 언니일 수가 없어요!"

민시현은 엉겁결에 그렇게 말한 후 곧 후회했다. 모두의 시선이 자신에게로 향했기 때문이었다.

"넌 또 왜 그래? 무슨 근거가 있어서 하는 소리야?"

박재민 피디가 잔뜩 인상을 구긴 채 물었다.

"그게 아니라……."

민시현은 어떻게 말해야 할지 몰라 얼버무렸다. 답답했다. 그렇다고 자신이 본 걸 이야기할 순 없었다. 아무도 믿어 주지 않을 것이다. 사이코메트리를 했다는 걸 떠나 전수라를 강에 빠트려 죽인 사람이 조희정이라는 사실 자체를 그 누구도 믿지 않으리라.

전수라는 분명 조희정과 통화하고 있었다. 조희정의 목소리는 평소와 달리 다급하게 들렸다. 전수라가 한 말의 의미가 무슨 뜻인지는 몰라도 그게 조희정을 향한 것이라는 사실은 알 수 있었다. 그러고 마지막으로 울려 퍼졌던 그 말…….

**죽어!**

그 말을 외친 목소리 역시 조희정의 것이었다.

어딘가에 숨어 통화하던 조희정이 자기 뜻대로 되지 않자 전수라를 강으로 밀었다. 민시현이 내린 결론, 아니 사이코메트리를 통해 본 진실은 바로 그것이었다.

쾅! 쾅! 쾅! 쾅!

밖에 선 존재는 이제 문을 부술 듯 때려 댔다. 그 소리에는 다들 깜짝 놀라 얼어붙었다.

"아무래도 저분 말씀대로 안 여는 게 좋을 것 같은데요……."

그렇게 말한 사람은 김상수 교수였다. 그제야 박재민 피디의 표정도 조금 달라졌다. 허현철은 아예 현관문 앞에서 한 발물러섰다.

"조 작가. 지금까지 어디 있었어? 왜 연락은 안 됐던 거야?"

박재민 피디가 목소리를 높이자 곧 대답이 돌아왔다. 분명 조희정의 목소리였지만 어딘지 모르게 분위기가 달랐다. 밝고 씩씩한 말투도 아니었다. 음침한 목소리에 거친 말투가 쏟아져 내리는 빗소리를 뚫고 생생하게 들렸다.

"이것저것 하느라 바빴으니까! 문 열어 줘. 문만 열어 주면 내가 들어가서 다 설명할게요. 그러니 빨리 문 열어요!"

그때쯤에는 다들 분위기가 이상하다는 걸 감지했다. 핸드폰의 푸르스름한 불빛 사이로 당황해하고 겁에 질린 듯한 얼굴이 둥실둥실 떠올랐다. 그때였다. 다시 번개가 치며 사방이 확 밝아졌다. 그 순간 민시현은 봤다. 현관문 틈으로 안을 엿보고 있는 눈동자를. 불투명 막이 한 꺼풀 씌워진 것처럼 탁한 눈알이 뒤룩뒤룩 움직이고 있었다.

"꺄악!"

작가 중 한 명이 비명을 질렀다. 민시현은 다른 사람들도 같은 걸 봤다는 사실을 알았다.

"뭐, 뭐야?"

허현철이 소리 질렀다. 조희정, 아니 조희정인 척하는 무언가가 더 큰 소리로 외쳐 댔다.

"문 열어 줘! 문 열어 줘! 문 열어 줘! 열어 줘! 열어 줘! 열어 줘! 열어 줘어어어어어어어어어!"

쿵! 쿵! 쿵! 쿵! 쿵! 쿵! 쿵!

현관문은 금방이라도 부서질 것 같았다. 윤동욱이 재빨리 다가가 몸으로 문을 막았다. 그러고선 소리쳤다.

"좀 도와줘요!"

바로 그 순간이었다.

"비켜!"

뒤에서 카랑카랑한 소리가 들려왔다. 민시현은 고개를 돌렸다. 애기신녀가 서 있었다. 거실에 모여 있던 사람들이 좌우로 갈라졌다. 애기신녀는 그 사이를 척척 걸어와 현관으로 내려섰다.

"신녀님. 괜찮으세요?"

윤동욱이 물었다.

"안 괜찮아도 이 요사스러운 것한테 이대로 당할 순 없잖
아!"

애기신녀는 그 말을 한 후 품에서 뭔가를 꺼냈다. 부적처럼
보였지만 아니었다. 아무것도 적히지 않은 그저 노란 종이일
뿐이었다.

"문 열어! 제발! 제발! 제발!"

쿵! 쿵! 쿵!

바깥의 그것은 계속 발악했다.

"닥쳐라!"

애기신녀는 그야말로 우렁차게 외친 후 현관문에 부적을
가져다 댔다. 그러고는 자기 왼손 약지를 물어뜯었다. 민시현
은 애기신녀의 손가락에서 핏방울이 떨어지는 걸 봤다. 늙은
무당은 피 맺힌 손가락을 부적에 대고 그대로 뭔가를 적어 나
갔다. 피로 쓴 알아볼 수 없는 글자는 발광하듯 번들거렸다.
부적 쓰기를 끝낸 애기신녀가 다시 소리쳤다.

"요망한 것, 썩 물러가라!"

다음 순간 소리가 싹 사라졌다. 문을 두드리던 소리도, 그

악스레 외쳐 대던 소리도. 심지어 퍼붓던 빗소리마저……. 거실에 선 사람들 역시 조금의 소리도 내지 않았다. 시간이 완전히 멈춘 게 아닐까 싶던 그때, 현관문 너머에서 서늘한 웃음이 들려왔다.

"히히히."

바깥의 존재는 이제 조희정의 흉내를 내지 않았다. 웃음이 실린 그 목소리는 예리하게 벼른 칼날처럼 섬뜩한 동시에 질척질척하고 끈끈하게 느껴지는 악의를 품고 있었다.

"창문이고 뭐고 다 닫혔지?"

애기신녀는 눈을 크게 뜬 채 사람들을 향해 물었다. 얼굴에는 땀이 흘러 화장이 얼룩덜룩 번진 상태였다. 조금 전까지의 기세등등하던 모습은 사라지고 없었다. 오히려 당황한 것 같았고, 그랬기에 그 얼굴은 본의 아니게 정체를 들킨 광대처럼 볼품없어 보였다. 민시현은 애기신녀의 눈 밑이 씰룩, 떨리는 걸 봤다.

"그, 그럴걸요? 그래서 이렇게 더운 거니까."

허현철이 대답했다.

"비바람이 심해서 애초에 창문 열 생각조차 안 했습니다."

박재민 피디가 그 말을 했을 때였다.

"저……."

김재형이 머뭇거리며 앞으로 나왔다.

"왜 그래?"

박재민 피디가 묻자 김재형은 허옇게 질린 낯빛을 한 채 대답했다.

"제, 제가 혹시나 해서 작은방 창문을 조금 열어 뒀거든요. 그…… 시체가 있으니까 아무래도 환기나 뭐 이런 것 때문에……."

"동욱아!"

애기신녀가 소리쳤다. 윤동욱이 작은방으로 달려갔다. 그 후의 일들은 순식간에, 그리고 정신없이 벌어졌다.

모두가 작은방 쪽으로 고개를 돌렸다. 핸드폰 불빛도 같이 돌아가 작은방 앞은 졸지에 조명이 잔뜩 쏟아지는 무대가 되었다. 그리고……

…… 그 무대에 전수라가 서 있었다.

# TAKE 4. 사고

물이 방울방울 떨어지는 소리를 들었다.

뚝.

뚝.

뚝.

그 소리를 들으면서도 민시현은 그럴 리가 없다는 생각을 했다. 죽은 전수라를 건져 올린 게 몇 시간 전인데 아직도 젖어 있을 리가 없다고. 동시에 민시현은 자신이 현실을 자각하지 못하는 상태라는 것 또한 인지했다. 이성은 빗물에 떠밀려 사라지고 남은 건 묵직하고 거대한, 본능적인 두려움뿐이었다. 그 본능이 외쳤다. 도망쳐야 한다고.

민시현은 주춤주춤 물러났다. 눈은 방문 앞에 선 전수라에게로 향한 채. 다른 사람들도 마찬가지였다. 각자의 핸드폰 불빛은 딱 비슷한 거리만큼 멀어졌다. 그럼에도 전수라의 모습은 똑똑히 보였다.

젖어서 얼굴에 달라붙은 머리카락과 한쪽 귀에만 매달린 귀걸이, 흰자위만 가득한 눈, 퉁퉁 불어 터진 입술, 그리고 핏기가 완전히 가서 회백색으로 변한 얼굴…… 그 모든 것들이 조율 잘된 악기들처럼 완벽한 하모니를 이룬 채 공포의 악장을 연주해 내고 있었다.

"신고, 신고해야……."

누군가가 그렇게 중얼거렸다. 그 말을 듣기라도 했다는 듯 전수라가 고개를 갸우뚱했다. 그러곤 웃었다. 낚싯바늘에 걸린 것처럼 양쪽 입꼬리가 어색하게 말려 올라갔다.

"모두 큰방으로……."

윤동욱의 말은 끝을 맺지 못했다. 일순간에 모두의 핸드폰이 다 꺼졌다. 암흑이 날아들었다. 빛이라고는 한 점 없는, 그야말로 완벽한 어둠이었다. 민시현은 움직일 수 없었다. 어둠에 포박당한 것 같았다. 그것만이 아니었다. 아무런 소리도 들리지 않았다. 누구 하나 정도는 비명을 지르거나 신음을 흘릴 법도 하건만 조용했다. 촘촘하고 끈적끈적한 암흑은 소리마저 흡수한 듯했다.

시간이 흘렀다. 몇 초? 아니다. 몇 분? 아니다. 도무지 가늠할 수 없을 만큼 긴 것 같기도, 찰나라 여길 만큼 짧은 것 같기도 한 시간이었다. 민시현의 발에 차갑고 축축한 무언가가 닿았다. 물…… 강물…… 현천강에서 흘러나온 시커먼 물…… 바로 그 물이 사람들의 발을 핥으며 거실 전체로 퍼져 나가고 있었다. 양말이 젖었다. 물을 타고 한기가 올라왔다. 민시현은 입을 앙다물었다. 그러지 않으면 신음을 흘릴 것만 같았고, 그렇게 작은 소리라도 낸다면…….

들킨다!

본능적인 깨달음이 민시현의 머릿속을 스쳤다. 전수라, 아니 수귀는 먹잇감을 찾고 있었다. 누군가를 골라 저 깊은 물속으로, 죽음이라는 이름의 심연으로 데려가려 하고 있었다.

그때였다. 뭔가가 민시현의 어깨를 강하게 쳤다. 두려움을 이기지 못한 누가 도망치려다가 부딪친 것 같았다.

"아!"

예상치 못했던 충격에 민시현은 소리를 내며 주저앉고 말았다. 그 순간이었다. 찌를 듯 날카로운 시선이 날아든 것은. 아무엇도 보이지 않았지만 그 시선만은 똑똑히 느낄 수 있었다.

안 돼!

민시현은 절규하는 심정으로 고개를 숙인 뒤 눈을 꼭 감았다. 그렇게 웅크리고 있으면 수귀가 못 보고 지나칠지도 모른다는 허튼 희망을 품으며. 조용했다. 너무나 조용했다. 빛도, 소리도, 심지어 공기도 없는 우주 한가운데 떠 있는 것 같았다. 그럼에도 한 가지만은 소름 돋을 정도로 선명하게 느껴졌다. 냄새였다. 물비린내. 산 것과 죽은 것, 존재하는 것과 그렇지 않은 것, 그리고 흐르는 것과 고인 것이 뒤섞여 악취를 만들어 냈다. 그 냄새가 점점 짙어지더니 곧 맹렬한 기세로 민시현의 콧속을 파고들었다. 그다음이었다.

뚝.

정수리 위로 차디찬 물방울이 떨어져 내린 것은. 민시현은 움찔 놀라며 눈을 떴다. 그러고는 천천히 고개를 들었다. 순간, 물방울보다 훨씬 차가운 깨달음이 민시현을 덮쳤다.

내려다보고 있다…… 수귀가.

심장이, 아프도록 쪼그라들었다. 한기가 위에서부터 내려와 온몸을 감쌌다. 뚝. 물방울이 또 떨어져 내렸다. 이번에는 이마였다. 떨렸다. 비명이라도 지르고 싶었지만 성대가 꽉 막혀 신음조차 흘릴 수 없었다. 민시현은 기적을 느꼈다. 수귀가…… 검은 강에서 물을 뚝, 뚝, 뚝 흘리며 기어 나온 그것이 자신을 향해 몸을 숙이는 기척을.

바로 그때였다.

번개가 쳤다. 단 몇 초였지만 눈부신 빛이 거실 안까지 들어왔다. 민시현은 그 짧은 순간에 모든 걸 똑똑히 봤다. 상체를 비정상적인 각도로 숙인 채 자신을 내려다보는 전수라와 그 뒤로 달려드는 윤동욱의 모습을. 그제야 비명이 터져 나왔다.

"캬아!"

민시현이 자지러질 듯 비명을 지른 것과 윤동욱이 전수라의 등에 부적을 붙인 것은 거의 동시였다. 다음 순간 핸드폰이 다시 켜졌다. 여러 개의 핸드폰 조명 아래 전수라의 모습이 드러났다. 감전이라도 당한 것처럼 부들부들 떨던 전수라는 검디검은 물을 울컥 토해 낸 뒤 그대로 균형을 잃었다.

"피해!"

민시현을 잡아당긴 사람은 박재민 피디였다. 전수라는 쿵, 하는 소리와 함께 방금까지 민시현이 주저앉아 있던 자리에 쓰러졌다. 나무토막처럼 뻣뻣한 상태로.

"수귀가 나오지 못하게 막아야 해!"

애기신녀가 현관에 서서 외쳤다.

"네."

윤동욱이 짧게 대답하며 전수라를 향해 다가갔다. 손에는 다른 부적을 꺼내 들고 있었다. 민시현은 겨우 몸을 움직여 주춤주춤 일어났다. 여전히 정신을 차릴 수 없었고, 심장은 밖으로 튀어나올 듯 뛰고 있었다. 그랬기에 민시현은 자기가 잘못 들었다고 생각했다. 거대한 뭔가가 부러지는, 우지끈하는 소리가 났다. 다들 당황한 표정으로 주위를 살피는 걸 보고서야 민시현은 다른 이들도 같은 소리를 들었다는 걸 알았다.

우지끈.

소리는 한 번 더 들렸고…… 다음 순간 현관 바로 위 천장이 무너졌다.

번개는 숙소 마당에 서 있던 수십 년 된 참나무를 때렸다. 나무는 정확히 반으로 쪼개지며 지붕을 덮쳤다. 거대한 나무의 공격에 지붕과 천장은 속절없이 무너졌다. 그 아래 네 명이 깔렸다. 그중에는 애기신녀도 있었다.

작가 한 명은 즉사했고, 김재형은 몇 시간 더 버티다가 눈을 감았다. 경호원은 부러진 정강이뼈가 살을 뚫고 나오기는 했지만 목숨은 건졌다. 문제는 애기신녀였다. 애기신녀는 쪼개진 참나무에 깔렸고 그건 사람들 여럿이 달려들어 아무리 힘을 써 봐도 꿈쩍하지 않았다. 단단히 맞물린 쥐덫 같았다.

그 상황에서도 애기신녀는 정신을 잃지 않았다. 대신에 고통에 찬 비명을 고래고래 내질렀다. 그 비명조차도 시간이 흐르면서는 신음으로 바뀌었다.

끔찍한 밤이었다. 비는 계속 쏟아졌고 바람도 전혀 줄어들지 않았다. 비바람은 무너진 지붕 사이로 사정없이 불어닥쳤다. 남은 사람들은 세 구의 시체를 작은방에 눕혀 놓고 모두 큰방에 모였다. 비는 피할 수 있었지만 귀신의 울음 같은 바람은 그러지 못했다. 게다가 집의 나머지 부분도 언제 무너질지 알 수 없는 노릇이었다. 사람들은 아무도 잠들지 못했다. 그저 어둠 속에 쪼그리고 앉아 아침이 오기만을 기다릴 뿐이었다.

민시현은 윤동욱과 함께 밤새 애기신녀 곁을 지켰다. 비가 들이쳤지만 그대로 맞으며 버텼다. 애기신녀의 숨소리는 갈수록 약해졌다. 가망이 없다는 건 민시현도 알았다. 그럼에도 자리를 뜨지 않았다. 그래야 할 것 같았다.

"고마워요."

내내 입을 닫고 눈까지 감고 있던 윤동욱이 한마디를 했다. 영원히 퍼부을 것만 같던 비가 조금 잦아들며 희뿌옇게 동이 터올 무렵이었다.

"전 아무것도 한 게 없어요."

민시현이 말했다.

"신녀님도 분명 고마워하실 겁니다."

"아니에요. 정말 죄송해요. 저희 프로그램 때문에……."

민시현은 말을 이을 수 없었다. 감정이 북받쳐 올랐다. 도 대체 왜 이렇게 된 건지 알 수가 없었고, 무슨 일이 벌어진 건 지도 알 수가 없었다. 다만 선명한 슬픔과 여전히 가시지 않은 공포는 확실했다. 울음이 터지려는 걸 참으려고 민시현은 아 랫입술을 깨물었다.

"중요한 건 그게 아니에요."

윤동욱이 말했다.

"그러면요?"

민시현이 물었다.

"이 정도 비극으로 끝나지 않을 겁니다. 그런 예감이 들어 요. 훨씬 더 끔찍한 일이 벌어질지도 몰라요."

"네? 수귀는 사라진 거 아닌가요? 아까 분명 부적을 붙여 서……."

"아뇨. 저는 귀신이 움직이지 못하게 막았을 뿐이에요. 퇴치 하진 못했어요. 그런 건 부적 한 장으로 되는 일이 아닙니다."

"그, 그러면 수귀는 어떻게 된 거죠?"

민시현이 그렇게 물었을 때였다.

"그것이…… 이미 다른 사람한테 붙었어……."

애기신녀가 그야말로 끊어질 듯 가느다란 목소리로 말했다. 민시현은 놀라서 애기신녀를 돌아봤다. 눈동자가 텅 비어 있었다. 무언가 더 할 말이 있는지 입을 달싹이기는 했지만 소리가 되어 나오지는 않았다.

"신녀님."

윤동욱이 애기신녀를 조용히 불렀다. 애기신녀는 초점 없는 눈으로 윤동욱을 봤다. 그러고는 깔리지 않은 한쪽 손을 뻗으려 했다.

"이제 편히 쉬세요."

그 손을 잡으며 윤동욱이 말했다. 그것이 마지막이었다. 애기신녀는 마치 그렇게 말해 주기를 기다렸다는 듯 조용히 숨을 거뒀다. 생명의 기운이 빠져나간 그 얼굴은 다행히 편안해 보였다. 민시현은 입술을 깨물며 울음을 삼켰다. 때마침 어딘가에서 닭이 울었다. 예정된 것들은 그렇게 차례로 다가왔다. 죽음과 아침.


날이 밝았지만 구조대가 바로 도착하지는 못했다. 거듭 신고했지만 막힌 길을 뚫고 오기까지는 시간이 조금 더 걸릴 것 같다는 대답만 돌아왔다. 언제 비가 쏟아졌냐는 듯 천연덕스럽게 반짝이는 햇살 아래에서는 비극마저 더 생생히 보였다.

무너진 지붕이며 흉악한 형태로 꺾인 나무, 그리고 박살 난 거실은 간밤의 일이 악몽이 아니었음을 보여 주었다. 결국 살아남은 사람은 큰방에 모두 모여 앉아 기다리기로 했다. 죽은 이들은 작은방에 몰아넣었다. 세 구의 시체가 나란히 누운 모습은 끔찍하다기보다는 기괴했다.

"구조대에는 어떻게 설명해야 할까요?"

그렇게 물은 이는 허현철이었다. 민시현은 모두가 비슷한 고민을 할 거라 짐작했다. 모든 비극이 수귀 때문이라는 말을 과연 믿어 줄까? 죽은 전수라가 일어나 움직였다는 걸 어떻게 설명해야 좋을까? 그리고 그 수귀는 여전히 사라지지 않은 채……

"내가 책임질 테니 사실대로 이야기하지. 그리고 방송에도 그대로 내보낼 거야."

박재민 피디의 말에 모두 놀란 표정을 지었다. 민시현도 자기 귀를 의심했다.

"그, 그게 무슨 말씀이세요? 방송에 내보내겠다니."

허현철이 다시 묻자 박재민 피디는 물끄러미 정면을 응시하며 대답했다.

"말 그대로야. 이것보다 좋은 방송 아이템이 어디 있어? 안 그래? 수귀를 직접 목격한 데다가 촬영 중 사망 사고까지 발생했다고. 이걸 안 내보내면 그건 직무 유기야, 직무 유기.”

박재민 피디의 말에 발끈한 건 하희주였다.

“아니, 피디님. 어떻게 그러실 수가 있어요? 수라 선배는 물론이고 세 명이나 더 죽었다고요! 근데 그걸 방송에 내보내서 이슈 몰이를 하자고요? 양심이란 게 있으면…….”

“그럼 어떻게 하자는 거야? 응? 모든 게 사고였다고 하면 될 것 같아? 잘못하면 프로그램 폐지 정도에서 끝나는 게 아니라 여기 있는 우리 모두 책임을 물어야 할지도 몰라. 하 작가 너 경찰서 끌려가서 취조받으면 뭐라고 할래? 전수라는 실수로 물에 빠져 죽었고, 우리가 보고 들은 건 전부 착각이었다고 말하면, 그리고 나머지는 불행한 사고였다고 하면 경찰이 믿어 줄 것 같아? 그것보다 대중이 먼저 우리를 찢어발길 거야. 잘 알잖아? 한번 물면 절대 놓지 않고 죽을 때까지 괴롭힌다는 거.”

총알처럼 쏟아 낸 박재민 피디의 말에 아무도 대꾸하지 못했다. 민시현도 마찬가지였다. 애초에 토를 달 생각도 없었지만 박재민 피디의 말을 듣고 보니 앞으로가 막막했다. 방송으로 공개하건 하지 않건 이 사건은 크게 화제가 될 게 뻔했다. 제작진의 신상도 털릴 것이다. 온갖 억측이 난무하고 이상한 소문 역시 돌 것이다. 그럴 바에야 차라리 박재민 피디 말대로 정면 승부를 택하는 방법도 나쁘지 않을 거라는 게 민시현의 솔직한 심정이었다.

"그러니까 방송에 내보내면 우린 피해자가 되는 거고, 안 내보내면 가해자가 되는 거네요?"

허현철이 한마디로 상황을 요약했다. 박재민 피디는 고개를 끄덕였다.

"그 전에 확인해야 할 게 있습니다."

그렇게 말한 이는 내내 입을 닫고 있던 윤동욱이었다. 모두 궁금하다는 표정으로 윤동욱을 쳐다봤다. 민시현은 그가 무슨 말을 꺼낼지 어느 정도 짐작할 수 있었다.

"보셔서 아시겠지만, 수귀는 퇴치된 게 아닙니다."

"그, 그러면요?"

하희주가 물었다.

"그 여자분 시체에서 나와 다른 사람에게 옮겨붙었을 겁니다."

"뭐요? 그게 말이 돼요?"

제작진 중 한 명이 물었다. 말투는 거칠었지만 목소리는 잔뜩 잠겨 있었다.

"애기신녀님이 돌아가시기 전 그렇게 말씀하셨습니다."

윤동욱의 말이 끝나자 방 안에 싸늘한 침묵이 맴돌았다. 그 상태로 서로의 눈치만 봤다. 모두 어제의 난리를 겪은 이들이었다. 죽은 전수라가 벌떡 일어나 움직이는 걸 목격한 이상 수귀의 존재를 부정하기란 어려웠다. 민시현은 숨소리조차 들리지 않을 정도의 먹먹한 침묵이 무엇을 의미하는지 알 것 같았다. 이 방에 모인 이들은 서로를 의심하고 있었다.

"그, 그걸 확인할 방법이라도 있어요?"

한참 후 음향 쪽 제작진 중 한 명이 조용히 물었다. 윤동욱은 고개를 끄덕이며 대답했다.

"가장 쉬운 방법은 소금을 뿌려 보는 겁니다. 수귀에 빙의됐다면 아마 격렬하게 반응하겠죠. 또 하나는 잿물에 손을 담그는 거죠. 보통 사람은 손이 까맣게 되겠지만 빙의된 사람은 그렇지 않거든요."

"안타깝게도 여긴 소금도 없고 재도 없네요."

박재민 피디가 말했다.

"없는 건 또 있어요!"

민시현은 용기를 내 그렇게 말했다. 내내 마음에 걸렸고, 심지어 애기신녀의 죽음 앞에서도 그게 더 궁금할 정도였는데 아무도 화제 삼지 않아 이상할 정도였다. 그랬기에 민시현은 그 사실을 꼭 밝히고 싶었다. 물론 자기가 사이코메트리로 무언가를 알아냈다는 건 말하지 않을 작정이었지만.

"뭐야? 넌 갑자기."

하희주가 말했지만 민시현은 무시하고 말을 이었다.

"조 선배, 그러니까 조희정 작가님도 이 자리에 없잖아요. 다들 궁금하지 않으세요? 걱정되지 않으세요?"

사람들은 그제야 "아!" 하며 당황한 표정을 지었다.

"그러고 보니 조 작가가 내내 안 보이네."

"어젯밤 그, 그것도 조희정 작가 행세를 했잖아!"

"혹시 조 작가 행방 아는 사람 있어요?"

민시현은 너도나도 한마디씩 하는 사람들 사이에서 말없이 앉아 정면만 노려보는 박재민 피디를 주시했다. 그는 분명 뭔가를 알고 있었다.

"어제부터 연락이 안 된 걸로 봐서는 이미 여길 뜬 것 같기도 한데……."

누군가가 중얼거렸다. 민시현은 아니라고 외치고 싶었지만 꾹 참았다. 연락이 안 되고 잠적한 건 다 이유가 있어서였다. 문제는 전수라를 죽였다는 사실만 알뿐, 왜 그랬는지 모른다는 데 있었다. 민시현은 박재민 피디가 단서를 가지고 있지 않을까 추측했다.

"희정 작가가 이번 사건과 관련 있는 건 아니겠죠?"

허현철이 박재민 피디를 향해 물었다.

"난 몰라. 지금 중요한 건 그게 아니잖아. 방송 이야길 더 해

보자고. 어제 그 장면 누가 찍은 사람 없어?"

박재민 피디는 교묘하게 말을 돌렸다. 민시현이 다시 말을 꺼내려는데 윤동욱이 눈짓을 보냈다. 참으라는 뜻인 것 같아서 민시현은 일단 입을 다물었다. 윤동욱 나름의 계산이 있는 모양이었다.

"사실…… 제가 폰으로 촬영 중이긴 했습니다."

촬영팀 중 한 명인 두민우가 슬그머니 손을 들었다. 박재민 피디는 바로 반색했다.

"그래? 어디서부터 어디까지 찍었어?"

"누가 문 두드릴 때 있었잖아요. 그때부터 전 작가가 그렇게 등장할 때까지 계속 찍고 있긴 했는데…… 제대로 찍혔는진 확인 못 했습니다. 다시 보기가 영 그래서."

"됐어. 대충이라도 알아볼 수 있을 정도면 돼. 아니, 오히려 화질 안 좋고 초점 나간 게 더 리얼하게 다가갈 거야."

"그럴까요? 그럼 영상은 제 걸 쓰면 되겠네요."

"그러면 지금부터라도 이 상황을 실시간으로 찍어야 하지 않을까요? 그래야 그림이 나올 것 같은데……."

허현철의 말에 박재민 피디는 벌떡 일어났다.

"현철이 말이 맞아. 이렇게 앉아 있을 시간 없어. 구조대 오기 전까지 최선을 다해 움직이자고. 작가들은 대충이라도 어떻게 진행할지 한번 궁리해 보고, 촬영팀은 지금부터 찍기 시작해. 오디오도 준비하고."

박재민 피디가 서두르는 바람에 다른 제작진 역시 엉거주춤 자리에서 일어났다. 윤동욱과 민시현이 했던 말은 어느새 묻혀 버렸다.

"사람이 어쩜 저럴 수 있어?"

하희주는 작은 소리로 불평을 쏟아 내면서도 민시현에게 한마디 하는 걸 잊지 않았다.

"뭐 하고 있어? 뭐라도 아이디어 내 봐야 할 거 아냐. 빨리 모여."

"네? 네."

민시현이 그렇게 대답했을 때였다. 마당 쪽에서 큰 소리가 들려왔다.

"어허! 이 일을 어떻게 해! 응?"

"구조대인가?"

누가 그런 질문을 던졌지만 사람들은 대답 대신 모두 방에서 나가 확인하는 쪽을 택했다. 민시현 역시 그들 뒤를 따랐다. 거실을 반으로 갈라 버린 나무를 빙 돌아 부서진 문을 열고 마당으로 향하니 마을 사람 여럿이 서 있었다. 제일 앞으로 나와 있던 비쩍 마른 노인이 제작진을 보더니 입을 열었다.

"다친 사람 없습니까?"

"다치기만 한 게 아니라 사망자가 나왔습니다."

허현철이 대답했다.

"아이고. 세상에 이런 흉사가 있나."

노인은 한숨을 푹 쉬며 말했다.

"그런데 누구……."

박재민 피디가 말을 채 끝내기도 전에 노인이 말했다.

"나 현천마을 이장 김종웁니다. 간밤에는 비가 너무 많이 내려서 와 보질 못했는데 이런 일이 벌어졌을 줄은 몰랐습니다."

이장 뒤에 선 마을 사람들은 불안한 표정을 감추지 못했다. 그러면서도 제작진을 힐끔힐끔 쳐다보곤 했다. 그 시선은 마치 역병에 옮을까 봐 두려워하는 것처럼 보인다고, 민시현은 생각했다.

"마을에는 피해가 없었습니까?"

박재민 피디가 물었다.

"말도 마세요. 현천강이 범람할까 봐 한숨도 못 자고 지켜봤습니까. 다행히 강이 넘치지 않아 이 정도지……. 그래도 논이고 밭이고 다 잠기고 아무튼 피해가 막심합니다."

"구조대는 언제쯤 올까요?"

이번에는 허현철이 물었다.

"방금 연락해 봤는데, 길을 이제 막 복구했다고 하니 금세 올 겁니다. 그나저나 외지 분들이 이런 일을 겪어서 참 이걸 어떡하나. 쯧쯧."

민시현은 마을 사람들 뒤편에 조칠복이 서 있는 걸 발견했다. 그를 본 순간 심장이 철렁 내려앉았다. 조칠복은 게슴츠레한 눈으로 주변을 쓱 훑더니 돌아서서 어딘가로 걸어갔다.

"그런데 말이야, 당신네가 수귀니 뭐니 들쑤셔서 이런 사달 난 거 아냐? 당신들 책임 아니냐고?"

허리 굽은 할머니가 목소리를 높이며 나섰다.

"어허! 왜 그런 쓸데없는 소릴 해?"

이장이 할머니를 가로막았다. 할머니는 목청을 더 높였다.

"내가 어디 없는 말 했어? 틀린 말 했냐고?"

"안 그래도 사실대로 방송에 내보낼 겁니다."

박재민 피디의 말에 마을 사람 모두 흠칫 놀라며 당황한 표정을 지었다. 특히 이장의 얼굴은 흙빛이 될 정도였다. 이장은 더듬거리며 물었다.

"뭐, 뭘 사실대로 내보낸다는 거요?"

"어젯밤 저희는 수귀를 진짜로 봤습니다. 저 어르신 말씀처럼 이 사달이 난 것도 수귀 때문이라 확신하고요. 그러니 그대로 방송하려고요."

박재민 피디는 담담하게 말했다. 민시현은 그의 의도를 알 것 같았다. 수귀 이야기를 해서 마을 사람의 반응을 보는 것과 동시에 아예 입을 닫게 만들려는 게 분명했다. 그리고 그 의도는 성공한 듯 보였다. 이장은 물론이고 다른 사람 모두 멍하니 입만 벌린 채 아무도 말을 하지 못했으니까. 한참 시간이 흐르고 나서야 이장이 곤란한 표정을 숨기지 못한 채 한마디를 했다.

"수귀 같은 게 진짜 있을 리 없잖소."

"그건 방송을 보시면 아시겠죠."

박재민 피디는 그 말과 함께 돌아섰다. 그때였다. 저 멀리서 사이렌이 들렸다. 그 소리는 점점 가까워졌다.

"구조대가 오는가 봐요!"

하희주가 고개를 길게 빼며 말했다. 민시현도 사이렌이 들리는 쪽을 바라봤다. 마을 사람들은 웅성거리기 시작했다. 그 순간이었다. 누군가가 민시현의 팔꿈치를 슬쩍 잡았다. 고개를 돌리니 윤동욱이 붙어 서 있었다. 그는 민시현에게만 들릴 정도로 작게 속삭였다.

"이대로 다들 여길 빠져나가면 수귀를 가려낼 방법이 없습니다."

"그럼 어떻게 되는 거죠?"

민시현 역시 목소리를 낮춰 물었다.

"솔직히 모르겠습니다. 귀신이 뭘 노리는지. 다만 깊은 원한을 품은 수귀가 돌아다니는 것만으로도 끔찍한 일이 여럿 발생할 겁니다."

"그, 그럼 무슨 방법을 써야……."

"작가님은 여기 계신 분들 연락처 등을 다 아십니까?"

"대부분 알죠. 모르는 사람도 한 다리 건너면 알 수 있고요. 왜요?"

"나중에라도 추적해 보려고요."

"저도 도울게요. 그러니까……."

두 사람의 대화는 구급차와 경찰차 등이 경광등을 번쩍이며 집 앞에 도착하면서 끝났다. 마을 사람들은 개미 떼처럼 순식간에 흩어져 사라졌다.

"이제 살았다."

누군가가 한숨을 푹 쉬며 그 말을 했다. 민시현은 윤동욱의 말이 마음에 걸렸다. 그것 말고도 궁금하고 답답한 게 한두 개가 아니었다. 하지만 하나만은 알 수 있었다 이 처참한 사건이 이대로 끝나지 않으리라는 것. 아니…… 어쩌면 지금부터 시작일지도 모른다는 불길한 예감이 민시현을 사로잡았다.

2부

·

무
꾸
리

어허. 곤란하다고 몇 번이나 말했는데 결국 이렇게 전화를 주면 어떻게 합니까. 나, 참.

내가 그냥 끊을까 하다가 그래도 오해는 바로잡아야 할 것 같아 이렇게 그 뭐냐, 인터뷰를 하는 거니까 알아서 잘 들어요.

그러니까 궁금한 게 수귀, 물귀신이란 거잖소. 안 그래요? 우리 마을에 수귀 전설이 내려오긴 하지만 어디까지나 전설 이란 말이오, 전설. 요즘 말로는 괴담이라 그러지? 그 옛날에 물난리가 크게 난 것도 맞고, 그래서 사람이 많이 죽은 것도 맞소. 그러다 보니 흉흉한 소문이 돌지 않았겠느냐, 이 말이야. 수귀도 그런 것 중에 하나라니까 그러네.

뭐요? 비 오는 날 문 두드리는 소리? 그 소리 들리면 절대 문 열지 말라고? 에이, 이것 봐요, 아가씨. 아니, 작가 양반. 시골 마을치고 금기 하나 없는 데가 어디 있겠소. 금기라는 게 꼭 진짜 그런 일이 생긴다는 뜻은 아니라는 거 배운 사람인 그쪽이 더 잘 알 텐데 그러네. 물론 우리 마을 주민이 현천강 수귀를 무서워하는 건 사실이오. 뭐, 진짜 수귀가 있다고 믿는 사람도 있겠지. 근데 그렇게 믿는다고 해서 가짜가 진짜가 되는 건 아니잖소. 물귀신 같은 거, 현천강에는 없어요, 없어. 내가 장담한다니까! 지금껏 일어난 사고도 다 부주의하게 물놀이하다가 그런 거고.

뭐라고요? 수귀를 직접 봤다고? 그때도 피디 양반인가 누군가가 그런 말 하던데 그거 확실한 거요? 생각 좀 해 보시오. 비가 그렇게 쏟아붓고 다들 정신없는 통에 정전까지 됐다면서요? 그러면 헛것을 봤을 수도 있잖소. 뭐 그림자나 그런 걸 보고 놀랐겠지. 나는 그렇게 생각해요. 어디까지나 다 착각한 거라고. 오해한 거라고. 그러니까 내 말의 핵심은 뭔가 하면, 그렇게 착각하고 오해한 걸 방송에 내보내면 안 된다는 거라, 이거요.

아니, 생각 좀 해 보시오. 현천강에 물귀신이 나온다고 전국적으로 알려지면 이 마을이 어떻게 되겠소? 어차피 찾아오는 사람 몇 없는 곳이라 관광객이 끊긴다 뭐다 그런 말은 안 하겠소. 나는 말이오, 그 반대가 걱정인 거라. 수귀인지 뭔지 보겠다고 뜨내기들이 몰려들면 그 책임은 누가 질 거요? 그러다가 사고라도 나면? 응?

시골 노인이라 무시하지 말고 잘 들어요. 나도 알아볼 만큼 알아봤으니까. 저기 뭐냐, 다들 이런 귀신 나온다는 소문 도는 곳엔 눈에 불 켜고 찾아다니는 사람이 한둘이 아니라고 하던데 그치들이 다 우리 마을로 몰릴 게 걱정이라 이거지. 우리 마을 작고 궁하긴 해도 나름대로 평화롭게 사는 곳이오. 늙은 이들 말년에 서로 의지하면서 조용히 지내는 곳이라고! 근데 근본도 없는 젊은 놈들이 들쑤시고 다니면 그 일을 어찌할지 생각만 해도 막막하오.

좋아요, 좋아. 백번 양보해서 당신네들 마음대로 방송을 내보냈다 칩시다. 그러면 그 뭐냐, 현천강이고 우리 마을이고 이름 같은 건 안 보여 줄 수도 있지 않소. 꼭 그렇게 현천강 수귀니 물귀신이니 자극적으로 다룰 필요가 있는 거요? 뭐? 최대한 사실을 보도한다고? 에이! 그 사실이란 게 다른 사람 불편하게 만드는 거면 숨길 줄도 알아야지. 그 참 고지식하네. 쯧.

아무튼, 방송 나가면 우리도 다 생각이 있소. 그 뭐냐, 기자 회견 같은 걸 해서 아니라고 밝힐 거고, 필요하면 고소도 할 테니까 알아서들 하시오.

또 질문이 남았소?

뭐라고? 개인적으로 궁금한 게 있다고?

일단 말해 보시오. 내가 아는 거면 대답해 주고.

살인 사건? 그러니까, 우리 마을에 살인 사건 일어난 적이 있었느냐 그걸 묻는 거요? 어허. 어디서 그런 불길한 소릴 해요! 살인이 뭐 애들 놀이도 아니고. 그런 일 없었소. 생각만 해도 찜찜하네. 여기, 누굴 죽이고 그럴 사람 아무도 없어요. 그쪽도 봤잖소? 죄 노인뿐인 걸. 누가 누굴 죽일 만큼 악감정 품을 일도 없고, 그럴 힘도 없는 사람이 사는 곳이 바로 우리 마을이오. 그런데 살인은 무슨 살인. 어디 가서 그런 이야기 절대 하지 마소.

뭐요? 외지인이 들어와서 그런 일이 생긴 적은 없느냐고? 예끼. 그건 더 말도 안 되지. 우리 마을에 외지인이 무슨 이유로 와서 살인이고 뭐고 그런 걸 저지르겠어? 아니, 그러니까 우리 쪽에서 외지인을 죽인 경우를 말하는 거요? 허 참. 말귀를 못 알아먹네. 그런 일 없고, 그럴 일도 없고, 그럴 이유도 없다니까! 그렇게 궁금하면 당신네 잘하는 그 취재다 뭐다 해서 경찰에 알아보면 될 일이잖소. 그런 일 없었으니까 쓸데없는 말 그만하고 이제 끊읍시다.

마지막으로 또 묻겠다고? 하여간 뽕을 뽑으려 하네. 또 뭐요?

마을 사람 모두를 잘 아느냐고? 그거야 당연한 것 아니오. 내가 현천마을 이장으로 벌써 10년째 일하고 있는데. 어느 집 숟가락이 몇 갠지 그런 것도 다 안다니까, 시쳇말로.

그래요, 맞아요. 다 알아서 내가 장담하는데 수상한 사람 없고, 다들 어릴 때부터 친구 사이라 숨길 것도 없어요. 아무튼 물귀신 내보내는 것도 찜찜한데 괜히 이상한 이야기 더하지 마시오. 알겠소? 그랬다가는 아주 그냥 방송국 앞에 찾아가서 데모할 줄 아시오!

이만 끊겠소. 쯧.

# TAKE 5. 방송

방송은 공개 전부터 엄청난 화제를 모았다. 이른바 '현천마을 참사'라 불리기 시작한 그날의 사건은 기사화 안 되는 게 이상할 정도였다. 방송국 제작진이 촬영 중 사고를 당해 사망자와 부상자가 나왔다. 이것만으로도 난리가 날 조건은 충분한데 거기에 수귀, 즉 물귀신이 더해지니 파급력이 대단했다. 언론의 보도도, 그리고 인터넷 여론도 제작진의 실수보다는 수귀에 초점이 맞춰졌다. 박재민 피디가 예상한 대로였다. 심지어 방송 일주일 전부터 각종 커뮤니티에는 조작이다, 아니다를 두고 갑론을박이 이어졌다.

"민 작가, 이장 인터뷰 땄지?"

박재민 피디가 물었다. 금요일이었다. 제작진은 토요일 방송 전 마지막 회의를 하고 있었다. 이미 편집은 진행 중이었다.

"네."

민시현은 작게 대답했다. 이장 인터뷰는 마을 측 의견도 넣어야 한다는 박재민 피디의 아이디어에서 나왔다.

"좋아. 그거 초반에 넣고 시작하자고. 거기에 조 작가가 받았던 전화 내용 그대로 심고, 우리가 현천강 찾아가는 장면으로 넘어가면 될 것 같거든."

회의는 박재민 피디가 주도했다. 다른 의견을 내는 사람은 없었다. 아니, 그럴 사람이 없었다. 민시현은 전수라와 조희정 자리가 비어 있는 게 눈에 밟혔다. 전수라는 부검 결과 익사라는 게 밝혀져 추가 조사 없이 장례까지 치렀다. 그리고…… 조희정은 지금껏 실종 상태였다. 경찰에서는 수사를 시작했지만 여태 별다른 단서를 찾지 못했다고 한다. 조희정은 그야말로 증발한 듯 사라져 버린 것이다.

"조 선배 이야기는 어떻게 처리해야 할까요?"

하희주가 물었다. 그를 포함해 민시현까지, 남은 작가는 세 명뿐이었다. 현재로는 하희주가 제일 선임이었다.

"조 작가는 일단 빼. 제보 전화 내보낼 때도 조 작가 이름은 넣지 마. 이번 사건과 직접 관련 있는 건 아니니까. 게다가 실종 상태고."

박재민 피디는 단호했다. 그럴수록 민시현은 의심스러웠다. 박재민 피디와 조희정이 그런 사이라고 했던 전수라의 말이 머릿속을 떠나지 않았다.

회의는 빨리 끝났다. 이제부터 방송 몇 시간 전까지 본격적인 편집 전쟁이 벌어진다. 박재민 피디는 연출부에 밤샐 각오하라고 이미 통보한 상황이었다.

"수고하셨습니다."

다들 회의 끝나기를 기다렸다는 듯 자기 자리로 돌아갔다. 민시현은 하희주가 회의실을 나가며 혼잣말하는 걸 듣고 말았다.

"분명 문제 될 거야."

마치 그러기를 바라는 것 같았다. 자리로 돌아온 민시현은 먼저 핸드폰부터 확인했다. 예상대로 윤동욱으로부터 메시지가 와 있었다.

– 의심 가는 사람은 있었습니까?

민시현은 주위 눈치를 살피며 핸드폰을 들고 밖으로 나갔다. 그리고는 윤동욱에게 전화했다.

"네. 작가님."

윤동욱은 바로 전화를 받았다.

"아무래도 잘 모르겠어요. 우리 중에 정말 수귀에 빙의된 사람이 있을까요?"

민시현이 조심스레 물었다. 두 사람은 현천마을에서 돌아온 후 따로 만났다. 애기신녀의 장례가 끝난 뒤였다. 그 자리에서 민시현은 솔직히 털어놓았다. 자기 능력에 대해, 그리고 본 것에 대해. 윤동욱은 딱히 놀라지 않았고, 꼬치꼬치 캐묻지도 않았다. 민시현은 그게 고마웠다. 다만 그는 수귀에 대해 몇 번이고 강조했다.

"수귀는 사라지지 않았어요. 애기신녀님이 돌아가시기 전 한 말씀이 맞을 겁니다. 그날 그 자리에 있던 사람에게 수귀가 들어갔어요. 확실해요."

"그러면 어떻게 해야 할까요?"

민시현이 묻자 운동욱은 망설이지 않고 대답했다.

"찾아내야죠. 찾아내서 수귀를 몰아내야 합니다. 안 그러면……."

"안 그러면?"

"또 끔찍한 사건이 발생할 겁니다."

윤동욱은 그렇게 말하며 이 정도 힘을 가진 수귀라면 그 원한이 무척 깊을 거라고 덧붙였다. 민시현도 인정할 수밖에 없었다. 현천강에서는 분명 살인이 벌어졌다. 수귀는 그때 죽은 여자가 아닌가 싶기도 했다. 그랬기에 두 사람은 나름의 작전을 짰다. 민시현이 제작진을 감시 아닌 감시하는 동안 윤동욱은 수귀를 퇴치할 방법을 찾기로 한 것이다. 그러고 지난 일주일 동안 두 사람은 매일 연락을 주고받았다.

"방송이 바로 내일이죠?"

윤동욱의 차분한 목소리가 전화기 너머로 들렸다. 민시현은 재빨리 대답했다.

"네."

"그 전에 별일이 안 생겨야 할 텐데요."

"왜 그렇게 생각하세요?"

"귀신이 인간에게 빙의하면 시간이 흐를수록 그 힘이 더 세지고 또 인간 몸을 다루는 데도 익숙해져요. 그날로부터 2주가 흘렀으니 이제 슬슬 움직이지 않을까 싶거든요."

"그렇다면 수귀의 목적은 뭘까요? 누군가를 해치려는 걸까요?"

민시현이 물었다. 잠시 침묵이 흐른 후 윤동욱이 대답했다.

"그건 수귀의 정체에 따라 다를 겁니다. 지금으로선 누가 수귀의 목표인지 모르겠네요."

"그렇군요······."

"아무튼 작가님께서는 계속 살펴봐 주세요. 분명 물을 많이 찾는다거나 유독 이상한 행동을 하는 사람이 있을 거예요."

"네."

민시현은 그렇게 대답하고 전화를 끊었다. 한숨이 나왔다. 범인이 분명한 두 사람을 알고 있다. 조희정과 조칠복. 하지만 증거가 없다. 익명으로 제보 전화라도 해볼까 몇 번이나 고민했지만 그러지 못했다. 자기 사이코메트리가 정확하다는 확신이 없었기 때문이었다. 게다가 민시현은 조희정이 전수라를 죽였다는 걸 여전히 믿기 힘들었다. 차라리 잘못 본 것이길 바랄 정도였다.

"시현 작가. 혹시 조 선배 집 알아?"

자리로 돌아오자마자 기다렸다는 듯 다른 작가 한 명이 질문을 던졌다. 고작 몇 달 먼저 들어왔는데 꼬박꼬박 선배 대우를 받으려는 유지희였다. 그도 역시 현장에 있었다.

"알아요. 그런데 무슨 일로······."

"골치 아프게 됐어. 조 선배가 그 제보자랑 통화한 녹음 파일이 어디에도 없어. 자리는 다 뒤져 봤거든. 아마 USB 같은 데 저장했을 것 같은데 그게 집에 있는 건 아닌가 해서."

"그렇다고 실종된 조 선배 집에 가 볼 순 없지 않을까요?"

"가야지. 가서 무슨 수를 써서라도 찾아야지. 그거 못 찾으면 박 피디 지랄할 게 뻔한데."

그러면 유 선배가 가지 그러세요, 라는 말이 목구멍까지 나왔지만 민시현은 그저 듣고만 있었다. 그는 유지희가 들고 있는 생수병을 물끄러미 바라봤다. 그러면서 생각했다. 저 선배가 원래 물을 병째 들고 마셨나?

"듣고 있어? 그러니까 시현 작가가 한번 다녀오라고."

유지희가 짜증 섞인 목소리로 다시 말했다. 민시현은 퍼뜩 정신을 차렸다.

"네. 다, 다녀올게요. 그런데 문 잠겨 있을 텐데……"

"관리인을 설득하든 열쇠공을 부르든 알아서 해. 그런 것까지 일일이 말해 줘야 해?"

"알겠어요."

잔소리를 더 듣지 않으려면 빨리 자리를 뜨는 수밖에. 민시현은 가방만 챙겨 들고 서둘러 사무실에서 나왔다. 방송국 바깥은 열기로 가득했다. 방송만 제대로 된다면 박재민 피디 말처럼 이번 화는 제대로 납량 특집 역할을 할 것이다. 어쩌면 최고 시청률을 찍을지도 모른다. 어쨌든 방송에서 귀신의 존재를 인정하고 내보내는 건 처음이니.

조희정의 집은 방송국과 그리 멀지 않은 곳에 있었다. 일전에 딱 한 번 초대받아 가 본 적이 있었다. 제법 넓은 오피스텔이었고, 미니멀하고 모던한 인테리어가 인상적인 곳이었다. 그때 민시현은 집과 조희정 분위기가 참 잘 어울린다고 생각했다. 모든 말과 행동이 자연스럽고 세련된 조희정은 집에서조차 그렇게 지내는 것 같았다. 반지하 원룸을 벗어나지 못한 민시현 입장에서는 부러운 일이었다.

관리인을 설득하는 일은 의외로 쉬웠다. 방송국 동료라고 말하니 벌써 경찰에서 몇 번 왔다 갔다며 선선히 카드키를 내줬다.

"갈 때 잘 돌려주기만 해요."

그렇게 말하는 관리인을 향해 꾸벅 고개를 숙인 후 민시현은 5층으로 올라갔다. 503호가 조희정의 집이었다.

도어록에 카드키를 대자 잠금이 해제되는 소리가 났다. 민시현은 살며시 문을 열고 얼굴부터 들이밀었다. 아주 조심스럽게. 주인 없는 집에 들어간다는 게 아무래도 마음에 걸렸다. 신발을 벗고 거실로 들어섰다. 집 안은 일전에 봤을 때와 다를게 없었다. 여전한 인테리어에 모든 것이 깔끔하게 정리된 상태였다.

"저기가 선배 작업 공간이었고……."

민시현은 일부러 소리 내 중얼거렸다. 귀가 먹먹할 정도의 적막이 못내 불편해서였다. 그러고는 작업 공간으로 쓰는 방으로 향했다. 그 방에는 책상과 의자뿐이었다. 책상 위에는 모니터가 올려져 있었다. 집에서는 노트북이 아닌 데스크톱으로 작업한다던 조희정의 말이 문득 떠올랐다.

책상 위부터 살폈지만, USB 같은 물건은 보이지 않았다. 민시현은 망설이다가 책상 서랍을 열었다. 맨 위 서랍에는 각종 문구가 가지런히 정리돼 있었다. 가운데 서랍에는 메모지가 가득했다. 기대를 품고 연 마지막 서랍은 텅 빈 채였다.

"어쩌지?"

난감했다. USB를 찾아가지 못하면 또 잔소리가 날아들 것이고, 민시현은 자기 잘못도 아닌데 그걸 듣고 있어야 할 것이다. 그 생각을 하자 머리가 지끈거렸다. 혹시나 해서 책상 아래 놓인 컴퓨터 본체도 살폈다. 적어도 보이는 곳에는 USB가 꽂혀 있지 않았다. 민시현은 본체 뒤쪽을 더듬었다. 툭 튀어나온 뭔가가 만져졌다. 얼른 뽑아 들었다. 손가락 한 마디쯤 되는 빨간색 USB였다.

"찾았다!"

자기도 모르게 목소리를 높이고는 놀라서 입을 막았다. 이 USB 안에 그 통화 내용이 들어 있을지 확신할 순 없지만 그래도 뭔가를 가져갈 수 있어 다행이다 싶었다. 그때였다. 한기가 민시현의 목덜미를 스치고 지나갔다. 재빨리 뒤를 돌아봤지만 바람이 새어 들어올 틈은 전혀 없었다. 창문도 다 닫혀 있었다. 오싹했다. 팔뚝에는 오소소 소름이 돋는데 USB를 든 손바닥에는 흥건하게 땀이 배어 나왔다. 순식간에 벌어진 일이었다. 민시현은 USB를 주머니에 넣고 서둘러 방에서 나왔다. 그래도 쉽사리 진정되지 않았다. 사이코메트리 때와는 다른 느낌으로 기분이 나빴다. 아니, 섬뜩하다는 표현이 더 어울릴 것이다. 알 수 없는 기운이 온몸을 감싼 채 끈적끈적 달라붙는 것만 같았다.

민시현은 손이라도 씻으면 좀 낫겠다 싶어 화장실로 향했다. 손만 씻고 빨리 이 집을 빠져나가고 싶었다. 세면대의 물을 틀었다. 시원하게 떨어지는 물줄기를 향해 손을 가져갔다. 그 순간이었다. 전혀 예상치 못한 상황에서 다시 '그게' 찾아왔다.

"아!"

눈앞이 빙글빙글 돌았다. 온몸에 힘이 빠졌다. 머릿속에 몇 가지 장면이 생생하게 떠올랐다. 어떤 여자가 엎드려 있었다. 그런 채 물 위에 둥둥 떠다녔다. 축 늘어진 몸은 꼼짝도 하지 않았다. 죽었구나! 정신없는 중에도 그건 확신할 수 있었다.

여자가 죽어 있는 공간은 어두컴컴했다. 민시현은 숨을 쉬려고 필사적으로 공기를 들이마셨다. 심장이 미친 듯이 뛰었다. 그런 중에도 용케 쓰러지지 않은 건 세면대 가를 양손으로 꽉 잡은 덕분이었다.

"헉헉."

사이코메트리는 언제나 그렇듯 불시에 찾아와 갑자기 사라졌다. 민시현은 고개를 숙인 채 한참 호흡을 가다듬었다. 어느 정도 정신이 들자 빠르게 조희정의 집에서 빠져나왔다. 엘리베이터에 올라서 맨 꼭대기 층을 눌렀다. 엘리베이터가 웅, 소리를 내며 올라가는 중에도 민시현은 제발 아니기를 빌었다. 이윽고 15층에 도착한 엘리베이터의 문이 열렸다. 비틀거리며 복도로 나간 민시현의 바로 앞에 옥상으로 통하는 계단이 있었다. 그곳으로 올라갔다. 그때쯤 민시현은 다시 찾아온 지독한 공황과 싸우고 있었다. 죽을 것 같은 공포심을 간신히 누르며 도착한 옥상에서 민시현은 노란색 물탱크를 발견했다. 그는 조심스레 물탱크로 다가갔다. 물탱크 겉면에는 사다리가 달려 있었다. 그걸 밟고 올라갔다. 물탱크 뚜껑은 열려 있었다. 그래서였다. 어렵지 않게 안을 들여다볼 수 있었다. 안에는…… 여자가 엎드린 채 둥둥 떠 있었다. 민시현이 고개를 돌리려는 찰나, 마치 기다렸다는 듯 혹은 보이지 않는 손이

건드리기라도 한 듯 여자의 몸이 뒤집히며 얼굴이 드러났다. 물에 퉁퉁 붓고 눈알이 툭 튀어나오기는 했지만 여자의 얼굴을 알아보기란 어렵지 않았다.

조희정이었다.


"무, 물에서 이상한 냄새가 났어요. 그래서……."

"그래서 바로 물탱크를 살펴봤다?"

우락부락한 인상의 형사는 믿지 못하겠다는 듯 되물었다. 민시현으로서는 그렇게 둘러댈 수밖에 없었다. 조희정의 집에 찾아간 이유는 이미 사실대로 말했다. 문제는 그다음이었다. 사이코메트리를 설명할 수 없어 냄새 이야기를 했는데 그게 역효과인 듯했다. 형사는 의심 가득한 말투로 다시 말했다.

"거기 오피스텔 사람 누구 하나 물 냄새 이상하다는 민원을 제기하지 않았대요. 그런데 그쪽만 느꼈다? 그것도 남의 집에 가서? 어딜 봐도 이상하잖아요."

"하, 하지만 전 정말로 아무것도 안 했어요."

민시현이 더듬거리며 말했다.

"뭘 안 했다는 겁니까?"

형사가 그렇게 물었을 때였다.

"선배. CCTV 따 왔는데요. 보셔야 할 것 같아요."

후배 형사로 보이는 사람이 노트북을 들고 와 말을 걸었다. 민시현을 조사하던 형사는 노트북을 받아 들고는 책상 위에 올려놓았다. 그런 뒤 영상을 보다가 민시현에게 물었다.

"이 사람이 조희정 씨 맞습니까?"

형사는 그 말과 함께 노트북을 돌려 민시현에게 보여줬다. CCTV 영상은 흐릿했다. 하지만 엘리베이터 속 여자가 조희정임을 알아보는 데는 문제가 없었다.

"네. 맞아요. 조 선배예요."

민시현은 바로 대답했다. 형사가 의자를 들고 아예 민시현 옆에 앉았다. 두 사람은 함께 노트북 속 영상을 들여다봤다.

조희정은 홀로 엘리베이터에 타고 있었는데 계속 주위를 두리번거렸다. 그 행동만으로도 충분히 불안해하는 것으로 보였다. 게다가 갑자기 고개를 홱 돌려 CCTV 카메라를 정면으로 올려다봤다. 조희정은 웃고 있었다. 안절부절못하는 몸짓과는 달리 얼굴에 걸린 미소는 너무나 환했다. 그는 입을 점점 더 크게 벌렸다. 저대로 찢어지는 게 아닌가 싶어 걱정될 정도로. 그러더니 돌연 흠칫 놀란 듯 다시 엘리베이터 문으로 시선을 돌렸다. 층수가 보였다. 15층이었다. 조희정은 엘리베이터 문밖으로 고개만 빼고 한참을 살폈다. 그러다가 갑자기 복도로 달려 나갔다. 영상은 거기서 끝났다.

"옥상 쪽 계단에는 CCTV가 없어서요, 조희정이 찍힌 건 여기까지입니다. 이게 사흘 전 영상이거든요. 정확한 시간은 오전 10시입니다."

후배의 말을 듣고 나서도 형사는 한동안 입을 다물고 있었다. 고민하는 눈치였다. 얼마 후 형사가 민시현에게 물었다.

"사흘 전 오전에 어디 계셨습니까?"

그 질문이라면 분명히 대답할 수 있었다.

"출근해서 방송국에 있었어요. 계속 회의했고, 증언해 줄 사람도 있어요."

"알겠습니다. 우선은 돌아가시죠. 나중에 다시 연락드릴 테니."

형사의 말에 민시현은 자리에서 일어났다.

"네. 감사합니다."

민시현은 고개를 숙이고 돌아섰다. CCTV를 통해 오해를 풀 수 있었다지만 조희정의 기괴한 행동을 보고 나니 오히려 더 불안했다.

"작가님."

경찰서 밖으로 나온 민시현을 누군가가 불렀다. 고개를 돌리니 윤동욱이 서 있었다. 경찰에 신고한 후 겨우 정신을 차리고 한 일이 윤동욱에게 연락하는 것이었다. 민시현은 본능적으로 느꼈다. 조희정의 기묘한 죽음 뒤에 수귀가 도사리고 있다는 것을. 그랬기에 자연스레 윤동욱을 떠올렸다.

"동욱 씨."

민시현은 자기를 향해 걸어오는 윤동욱을 보며 안도의 한숨을 쉬었다. 한동안은 꼬박꼬박 '동욱 님'이라고 불렀지만 윤동욱이 질색하는 바람에 겨우 호칭을 바꿨다. '님'에서 '씨'로. 처음에는 어색해서 미칠 지경이었다. 지금껏 누군가를 그런 식으로 불러 본 적이 없었기 때문이었다. 그래도 지금은 제법 자연스럽게 입에서 나왔다.

"괜찮습니까?"

윤동욱이 물었다.

"정신이 하나도 없어서 괜찮은지 안 괜찮은지 모르겠어요."

민시현은 솔직하게 말했다. 경찰을 기다리는 동안에는 너무 무섭고 떨렸지만 막상 경찰서에 와서는 한껏 긴장한 탓에 그런 걸 느낄 새도 없었다. 그런데…… 윤동욱에게 그 말을 하자마자 온몸이 떨리기 시작했다. 게다가 울컥 눈물이 쏟아졌다. 약은 뱀처럼 도사리고 있던 공포심이 그제야 달려든 것 같았다.

"자, 진정하고 이거 냄새 좀 맡으세요."

윤동욱은 그 말과 함께 종이에 돌돌 만 무언가에 불을 붙여 연기를 냈다. 그러고는 민시현 앞에 들이밀었다. 연기에서 쑥향이 강하게 올라왔다.

"하아."

민시현은 시키는 대로 그 냄새를 한껏 맡았다. 곧 따뜻한 기운이 몸 안으로 퍼지기 시작했다.

"쑥을 태울 때 나오는 연기는 잡귀를 몰아내고 마음을 진정시키는 데 도움을 줍니다."

그렇게 말하며 윤동욱은 후, 하고 입김을 불어 연기가 민시현의 몸을 뒤덮게 했다. 그러면서 덧붙였다.

"이건 임시방편이고, 제일 좋은 건 한동안 부적을 지니고 다니는 겁니다. 제가 한 장 써 드릴 테니⋯⋯."

"아! 지금은 시간이 없어요. 바로 방송국에 들어가 봐야 하거든요. 거기도 지금 난리 났을 거예요. 제가 가서 보고해야 해요."

윤동욱 다음으로 하희주에게 전화했다. 그때쯤에는 너무 떨려서 횡설수설했지만, 하희주가 용케 알아들었다.

"알았어. 경찰 조사 끝나면 바로 여기로 와. 아무도 퇴근 안 하고 기다릴 테니까."

민시현이 그 이야기를 하자 윤동욱이 말했다.

"그러면 제가 방송국까지는 태워 드릴게요. 아무래도 그게 나을 거예요."

딱히 반대할 이유가 없었다. 방송국까지 대중교통으로 간다는 생각만 해도 가슴이 답답했기 때문이었다.

"그럼 부탁드릴게요."

민시현은 다시 고개를 숙였다. 죄송하다는 말과 함께 이 버릇 역시 쉽게 바꿀 수 있을 것 같지 않았다.


경찰서에서 방송국으로 가는 동안 민시현은 자기가 겪은 일을 최대한 자세히 이야기했다. 윤동욱은 묵묵히 들으며 운전만 했다. 경찰에게도 말하지 못했던 걸 싹 다 털어놓고 나자 그래도 조금은 개운했다. 그렇다고 두려움이 가신 건 아니었다. 민시현은 자기가 아랫입술을 계속 뜯고 있다는 걸 깨닫고 애써 손을 내려 주먹을 꽉 쥐었다.

"그러니까, 엘리베이터 속 조희정 작가는 뭔가에 홀린 듯 보였다는 거죠?"

드디어 윤동욱이 입을 열었다.

"네. 그런데 분명 혼자였어요."

"흠."

윤동욱은 생각에 잠긴 표정이었다.

"수귀 짓일까요?"

민시현이 물었다.

"현장에 가 보지 않고서는 저도 잘 모르겠습니다. 다만 갑자기 정신이 이상해졌다거나 아니면 죄책감에 시달려서 자살한 건 아닐 겁니다."

"왜 그렇게 생각하세요?"

"작가님한테 사악한 기운이 묻어 있었거든요."

"네?"

뜻밖의 말에 민시현은 눈을 동그랗게 떴다.

"악한 기운은 달걀 썩은 냄새를 풍깁니다. 딱 그런 냄새가 났어요. 그래서 쑥을 태운 거죠."

"그, 그러면……."

"정황상으로는 수귀의 짓이라 해도 되겠죠."

"수귀가 그랬다면 왜 조 선배를 죽인 걸까요?"

"그 질문의 답도 궁금하지만, 전 수귀가 누구 몸에 들어가 있는지도 궁금하네요."

두 사람이 그런 대화를 하는 사이 어느새 방송국이 가까워졌다.

"저는 이 근처에서 내릴게요."

민시현은 서둘러 말했다. 방송국 앞에서 내렸다가 혹시 아는 사람이라도 만나면 곤란했다. 괜한 오해를 사기 싫었다. 그 마음을 안다는 듯 윤동욱은 고개를 끄덕이며 인도 옆에 차를 붙여 세웠다.

"조심하세요, 작가님. 사악한 기운에 노출되면 그 냄새를 맡고 잡귀가 꼬일 수도 있거든요."

윤동욱이 말했다.

"집에서 저도 쑥이라도 태울까요?"

차에서 내리기 전 민시현이 물었다. 윤동욱이 대답했다.

"현관문 아래쪽에 소금을 길게 뿌려 놓으세요. 창문도 다 잠그고. 그리고 오늘 밤에는 누구에게도 문을 열어 주지 마세요."

"알겠어요."

민시현은 그 말과 함께 조수석 문을 열었다. 그때 윤동욱이 불렀다.

"작가님."

"네?"

엉거주춤한 자세로 돌아본 민시현에게 윤동욱이 말했다.

"맛소금은 안 된다는 거 아시죠?"

"네."

농담인 건 알지만 썩 재미있진 않았다. 그래서 민시현은 일부러 조수석 문을 세게 닫았다. 쾅, 하는 소리가 울린 후에는 곧 후회했지만.

민시현의 예상대로 〈비밀과 거짓말〉 제작팀은 발칵 뒤집힌 상황이었다. 다시 회의가 소집됐고, 그때부터 민시현은 경찰서에서 했던 말을 반복해서 들려줄 수밖에 없었다. 그나마 다행인 건 조희정의 죽음 자체가 워낙 충격이었던지 그 형사처럼 꼬치꼬치 캐묻는 사람이 없다는 점이었다. 물에서 이상한 냄새가 나 물탱크로 가 봤다는 말에도 다들 고개만 끄덕였다.

"이제 어떻게 할까요?"

허현철이 박재민 피디에게 물었다. 박재민 피디는 민시현이 이야기하는 내내 어두운 표정으로 입을 닫고 있었다.

"뭐?"

딴생각이라도 한 듯 박재민 피디가 멍하니 되물었다.

"조 작가님 사망 사건이요, 이번 화에 넣어야 할까요, 아님……."

"절대 안 돼!"

박재민 피디가 말했다. 목소리가 너무 커 다들 깜짝 놀라 그를 바라봤다. 박재민 피디 역시 자기 목소리에 놀란 듯 잠시 움찔하더니 곧 말을 이었다.

"화제가 조 작가의 실종과 죽음에 쏠리면 프로그램 관심도가 떨어질 거야. 게다가 쓸데없는 말도 퍼질 거고. 뉴스에 보도되긴 하겠지만, 우리 쪽에서 공식적으로 언급하는 건 내일 이후로 하자고. 그때까지 다들 입 다물고 있고."

"알겠습니다."

허현철이 대답하자 다른 제작진도 고개를 끄덕였다.

"도대체 이게 다 뭔 일이야……."

피디 중 한 명이 조용히 중얼거렸다. 회의는 끝났다. 누구 하나 민시현에게 괜찮냐고 물어보는 이가 없었다. 유지희는 입을 싹 닫고 아무 말도 하지 않았다.

"그럼, 작가들은 퇴근하고. 피디들하고 편집팀은 저녁부터 먹고 와."

박재민 피디의 말이 떨어지자 다들 일사불란하게 움직였다. 민시현은 조용히 일어나 아무에게도 인사하지 않고 회의실에서 나갔다. 그러고는 곧장 집으로 향했다. 진이 빠졌다. 너무 피곤해 눈을 뜰 힘도 없었다. 누군가 툭 건드리면 털썩 쓰러질 것만 같았다. 그래서 평소라면 엄두도 못 낼 택시를 불러 탔다. 집 주소를 말하고 나자 잠이 쏟아졌다. 그래도 집에 도착하기까지는 억지로 버텼다. 이대로 잠들면 악몽을 꿀 게 뻔했고, 적어도 택시 안에서 비명을 지르며 깨어나고 싶지는 않았다.

평소에는 좁아서 불만이었던 반지하 원룸이 오늘따라 아늑하게만 보였다. 민시현은 불부터 켜고 가방을 내려놓은 뒤 침대에 쓰러지다시피 누웠다. 벌써 밤이 꽤 깊었다. 내일 또 출근해야 한다는 사실이 끔찍했다.

옷도 갈아입고 세수도 해야 하는데…….

그런 생각이 수마에 빠져들기 시작한 민시현의 머릿속을 스쳐 지나갔다.

또 뭘 해야 했더라?

분명 할 일이 있었는데 떠오르지 않았다. 그때쯤에는 눈꺼풀이 너무 무거워 다시 눈을 뜰 수도 없었다. 민시현은 곧 잠에 빠져들었다.

꿈을 꿨다. 엘리베이터 안이었다. 바닥에 물이 흥건하게 고여 있었다. 꿈이라는 걸 알면서도 깰 수가 없었다. 엘리베이터는 저 혼자 움직이더니 5층에 멈췄다. 문이 열렸다. 민시현의 두 다리가 의지와는 상관없이 움직여 503호 앞에서 멈췄다. 현관문은 활짝 열린 상태였다. 현관부터 거실까지 물이 뚝뚝 떨어져 있었다. 민시현은 안으로 들어갔다. 어두운 거실 한가운데 누군가가 등을 보이고 서 있었다. 온몸에서 물을 뚝뚝 흘리면서. 민시현은 그가 누군지 알았다. 그 사람의 고개가 점점 돌아갔다. 점점…… 점점…… 점점 더……. 마침내 완전히 고개가 꺾여서 뒤를 보게 된 그 사람은…… 조희정이었다. 물에 분 얼굴의 구멍마다 구더기가 꿈틀거리며 들락거리고 있었다. 민시현은 사력을 다해 뒷걸음질 쳤다.

그때였다.

조희정이 입을 벙긋 벌렸다. 웃는 건가 싶은 순간, 그 입에서 귀를 찢을 듯한 소리가 튀어나왔다.

"너, 봤지?"

조희정은 고개가 꺾인 그대로 달려왔다. 끝내 대답을 들어야겠다는 듯 눈을 희번덕이며.

"헉!"

민시현은 참았던 숨을 토해 내며 꿈에서 깨어났다. 눈을 떴다. 사방이 어두웠다. 순간 자기가 어디 누워 있는지 헷갈릴 정도였다. 잠시 숨을 고른 민시현은 상체를 일으켰다. 불이 꺼져 어둡긴 했지만 자기 방이란 건 간신히 알아볼 수 있었다. 그랬기에 안도의 한숨을 쉬었다. 뭔가가 이상하다는 걸 깨달은 건 그 순간이었다.

"내가 불을 언제 껐지?"

기억이 없었다.

분명 집으로 들어와 불을 켰고, 그 상태 그대로 침대에 쓰러져 잠들었던 것 같은데⋯⋯.

민시현은 주위를 더듬었다. 핸드폰이 만져지지 않았다. 불안감에 휩싸인 그는 벌떡 일어나 침대에서 내려왔다. 그러고는 스위치가 달린 벽으로 향했다. 바로 그때 소리가 들렸다.

쿵! 쿵!

누가 현관문을 두드리고 있었다.

"누, 누구세요?"

민시현은 떨리는 목소리로 물었다. 대답은 돌아오지 않았다. 다시 문 두드리는 소리만 들릴 뿐이었다.

쿵! 쿵!

재빨리 스위치부터 눌렀다. 불은 켜지지 않았다. 몇 번을 눌러 봐도 마찬가지였다. 심장이 격렬하게 뛰기 시작했다. 민시현은 소리를 죽인 채 현관으로 향했다. 자동으로 켜져야 하는 센서 등 역시 말을 듣지 않았다.

쿵! 쿵! 쿵!

현관문 두드리는 소리는 더 커졌다. 그리고 빨라졌다.

쿵! 쿵! 쿵! 쿵! 쿵! 쿵! 쿵! 쿵! 쿵!

민시현은 귀를 틀어막았다. 그 순간 윤동욱이 했던 말이 떠올랐다. 침대 옆으로 달려가 가방을 뒤졌다. 핸드폰을 찾았다.

다행히 핸드폰 조명은 켜졌다. 그걸로 어둠을 밝히며 찬장을 뒤졌다. 소금이 보였다. 소금이 든 통을 꺼내 들고 다시 현관으로 향했다. 민시현이 현관문 아래 소금을 뿌리려는 찰나, 밖에서 다른 소리가 들렸다.

"민시현 씨. 경찰입니다. 문 좀 열어 주세요."

"네?"

민시현은 자기도 모르게 되물었다.

"낮의 사건으로 조사할 게 있습니다. 그러니 문 여세요."

분명 그 우락부락한 형사 목소리였다. 민시현은 홀린 듯 문으로 다가갔다. 당장 열지 않으면 큰일이 날 것 같았다. 그때 들고 있던 핸드폰이 진동했다. 화들짝 놀란 민시현은 핸드폰을 들여다봤다. 윤동욱으로부터 온 메시지였다.

- 왜 연락이 안 됩니까? 전화 주세요!

그제야 퍼뜩 정신이 돌아왔다. 몇 시인지 확인했다. 새벽 2시였다. 아무리 급하다 해도 이 시각에 경찰이 찾아올 리 없었다. 거기까지 생각이 미친 민시현은 재빨리 소금을 뿌렸다. 그러자 거짓말처럼 모든 소리가 사라졌다. 그래도 안심할 순 없었다. 현관문이 확실히 잠겼다는 걸 확인하고 난 뒤에야 저절로 한숨이 새어 나왔다. 동시에 불도 켜졌다. 환한 빛 아래 드러난 방은 너무나 낯설게 보였다.

민시현은 침대에 걸터앉자마자 윤동욱에게 전화를 걸었다. 통화는 바로 연결됐다.

"지금 어디예요?"

윤동욱이 물었다.

"집이요. 바, 방금……."

"너무 연락이 안 돼서 제가 작가님 집 앞에 왔어요. 잠깐 들어가서 부적만 드리고 나올게요."

윤동욱의 목소리는 다급했다.

"네? 네……."

민시현은 뜻밖의 전개에 일단 대답부터 했다. 그때였다. 통화 중인데 핸드폰이 또 진동했다. 윤동욱은 계속 말하고 있었다.

"오늘 밤이 중요해요. 이 부적만 있으면……."

"잠깐만요."

민시현은 그렇게 말하고 핸드폰을 확인했다. 메시지가 와 있었다.

– 절대, 누구도 집에 들여선 안 됩니다!

보낸 이는 윤동욱이었다. 그걸 본 순간 한 가지 의문이 머리를 때리고 지나갔다. 민시현은 더듬거리며 물었다.

"도, 동욱 씨. 그런데 우리 집 어떻게 알았어요?"

잠시 후 핸드폰 너머로 웃는 소리가 들려왔다.

"호호호."

민시현은 재빨리 전화를 끊었다. 심장이 내달렸다. 한기가 엄습했다. 이불로 몸을 둘둘 감쌌지만 하나도 따뜻하지 않았다. 그날 밤 민시현은 침대에 앉아 뜬눈으로 밤을 새웠다. 현관문을 노려보면서.

# TAKE 6. 죽음

토요일이 되었다. 포털 사이트의 인터넷 뉴스 페이지에는 연예면과 사회면 할 것 없이 오늘 밤에 방송될 〈비밀과 거짓말〉에 관한 보도가 넘쳐 났다. 방송을 금지해야 한다는 논조의 기사가 있는가 하면, 한국 방송계의 새 지평을 열어젖히게 되었다는 기대에 가득 찬 기사도 있었다. 그런 기사마다 댓글이 수천 개씩 달렸다. 가장 반응이 뜨거운 곳은 역시 유튜브였다. 이번 주 방송 예고편 영상은 이미 조회수가 500만을 넘었고, 댓글 역시 만 개에 육박했다.

"방송국은 완전 축제 분위기예요."

"그렇겠네요."

윤동욱은 민시현의 말에 맞장구를 쳤다. 두 사람은 점심시간을 이용해 잠깐 만났다. 어젯밤 일 때문이었다. 민시현은 섬뜩한 일을 겪은 사람치고는 제법 침착함을 유지하고 있었다. 안간힘을 쓰고 있는 거라고, 윤동욱은 짐작했다.

"아무튼, 누구 하나 수귀의 정체에는 관심이 없어요."

민시현은 그렇게 말한 뒤 아이스 아메리카노를 한 모금 마셨다. 눈 밑이 거뭇한 걸 보니 밤잠을 설친 게 틀림없는 것 같았다. 윤동욱은 그런 민시현에게 준비해 간 부적을 내밀었다.

"이걸 며칠 동안 계속 가지고 있어요."

"무슨 부적인가요?"

"제가 직접 쓴 악살소멸부입니다. 겉으로 보이지 말고, 옷속이나 주머니에 넣고 다니세요. 중요한 건 몸에서 떼지 않는 겁니다."

괴황지에 붉은색 경면주사로 손수 쓴 부적이라 제법 효험이 뛰어나리라. 웬만한 잡귀는 다 막아 줄 것이다. 애기신녀는 노란색 종이에 빨간 잉크로 프린트한 싸구려 부적을 경멸했다. 아무리 힘들어도 부적은 무꾸리가 직접 써야 한다는 게 윤동욱의 스승, 애기신녀의 신념이었다. 애기신녀는 또한 무당이나 무속인보다 자기를 무꾸리로 칭하길 좋아했다.

"고맙습니다. 잘 간직하고 있을게요."

윤동욱은 민시현을 처음 봤을 때부터 특별한 느낌을 받았다. 신기는 아닌데 그것과 비슷한 기운을 가졌다는 걸 알 수 있었다. 도대체 그게 뭘까 궁금해하다가 민시현에게 사이코메트리에 대해 듣고는 그렇구나 싶었다. 무꾸리도 특정 물건의 내력을 읽어 낼 때가 있다. 물론 그런 힘 자체가 받드는 신의 것이라 초능력이라고 부를만한 건 아니었다. 윤동욱도 진짜 초능력자를 보는 건 처음이었다. 게다가 그 능력 탓에 괴로워한다니…… 어쩐지 신병에 시달렸을 때의 자기를 보는 것같아 마음이 짠했다.

"그럼 들어가 보시죠. 전 현천마을에 다녀오겠습니다."

"네. 조심하세요."

두 사람은 수귀를 찾기 위해서는 결국 그 귀신이 어떻게 생겨났는지를 알아야 한다는 데 의견을 모았다. 그래야 수귀의 목적을 알고 미리 막을 수도 있으니까. 그러자면 역시 수귀가 깃들었던 곳, 바로 현천강으로 가야 했고 그 참에 현천마을에도 들러 상황을 살피자는 게 윤동욱의 계획이었다. 특히 민시현이 사이코메트리로 본 살인 장면과 관련된 인물인 조칠복을 만나 보고 싶었다.

윤동욱은 민시현과 카페 앞에서 헤어진 뒤 자기 차에 올랐다. 차는 애기신녀가 선물해 준 것이었다. 윤동욱이 내림굿을 받은 다음 날에. 차 키를 건네며 애기신녀가 했던 말을 윤동욱은 여태 기억했다.

"무꾸리라고 속세와 연 끊고 살 필요 없어. 돈 많이 벌어 광내고 살아야 신령님도 좋아하시지. 그래야 신빨도 서고."

무속과는 전혀 인연 없는 삶을 살아온 윤동욱이었다. 체육학과를 나왔지만 꿈은 배우였다. 실제로 대학로 극단에 들어가 무대에 서기도 했다. 몇몇 영화에서는 잠깐이지만 단역으로 출연한 적도 있었다. 이대로 한 계단씩 밟아 간다면 어엿한 배우가 될 수 있을 거라 기대했던 바로 그즈음 신병이 찾아왔다. 이유 없이 몸이 아프고 힘이 없었다. 두통이 심해 잠을 설칠 정도였다. 자꾸 이상한 게 보이고 환청이 들렸다. 온갖 검사를 다 받았지만 원인은 찾지 못했다. 결국 진단받은 건 우울증과 공황장애, 즉 마음의 병이란 소리였다. 윤동욱은 이해할수 없었다. 맨날 약을 한 움큼씩 먹어도 증세는 나아지지 않았으니까. 팔방으로 알아보던 끝에 마지막이란 심정으로 찾아간 곳이 바로 애기신녀의 신당이었다. 그때도 신병 생각은 못하고 그저 점이라도 보면 좋겠다 싶었다. 그런데 윤동욱이 방에 들어서자마자 애기신녀가 한마디를 했다.

"용케 안 죽고 버텼네."

그 말에 윤동욱은 와르르 무너졌다. 지금껏 참았던 눈물을
다 쏟아 냈고, 그 후 애기신녀의 제자가 됐다. 그러자 아픈 것
들이 씻은 듯 사라졌다.

윤동욱은 내비게이션에 현천마을을 입력하고 시동을 걸었
다. 애기신녀는 윤동욱에게 스승 그 이상이었다. 생명의 은인
이었고, 또 다른 어머니였다. 그런 이가 죽었다. 그것도 귀신
에게 당해서. 윤동욱은 애기신녀의 영정 앞에서 맹세했다. 반
드시 수귀를 찾아내 멸하겠다고.


먼저 현천강부터 들렀다. 윤동욱은 차를 세워 둔 뒤 강줄기
를 따라 제법 오래 걸었다. 볼수록 요사스러운 강이었다. 삼라
만상의 자연과 생물은 저마다의 빛을 띤다. 찬란히 빛나는 사
람이나 산이 있는가 하면 그 빛이 조금 덜한 이도, 그리고 그
런 곳도 있었다. 어두운 빛을 내뿜는 곳일수록 흉지였다. 살인
자 중에도 어둡고 습한 기운을 지닌 자가 많았다. 그런 점에서
보자면 현천강은 흉지 중 흉지였다. 어둡기가 말로는 표현할
길이 없을 정도였다. 음기가 너무 강해 양기인 햇빛도 어쩌지
못하는 모양새였다. 현천강은 차갑고 어두운 빛을 띤 채 흘러
가고 있었다. 이런 곳에서 나온 수귀니 그 힘이 셀 수밖에 없

을 거라고, 윤동욱은 생각했다.

차로 돌아온 윤동욱은 현천마을로 향했다. 현천강에서 마을까지는 10분이면 충분했다. 마을 어귀 공터에 주차한 뒤 윤동욱이 차에서 막 내리려던 때였다.

"까악."

까마귀 소리가 들렸다. 진짜 까마귀는 아니었다. 검은 옷을 입은 여자가 까마귀 흉내를 내며 공터를 왔다 갔다 했다. 낯이 익었다. 그날 애기신녀를 공격하려 했던 바로 그 여자였다. 윤동욱은 여자에게 다가갔다.

"이름이…… 연수라고 했죠?"

이름이 불리자 여자는 우뚝 멈춰 섰다. 그러고는 게슴츠레 뜬 눈으로 윤동욱을 흘겨봤다. 윤동욱은 연수의 할아버지라던 노인이 했던 말도 떠올렸다. 정신이 온전치 않아서 폐를 끼치고 다닌다. 확실히 여자는 제정신으로 보이지는 않았다. 그럼에도 그날 밤 의미심장한 한마디를 했다. 주위에 아무도 없다는 걸 확인한 윤동욱은 연수를 향해 다시 물었다.

"어떤 언니가 강에 빠졌죠? 연수 씨가 그걸 봤죠?"

연수는 보일 듯 말 듯 고개를 끄덕였다.

"그래서 어떻게 됐어요? 연수 씨는 알죠?"

"그 언니…… 강에서 이렇게 손이 나와 끌고 들어갔다."

그 말과 함께 연수는 윤동욱의 팔을 덥석 잡았다. 비쩍 마른 손이었지만 힘은 셌다. 길쭉한 손가락이 팔에 짝 달라붙어 윤동욱을 끌어당겼다.

"그런 다음에는요?"

윤동욱은 침착함을 유지한 채 조용히 물었다. 연수가 그런 윤동욱의 귀에 입술을 바짝 들이댔다. 악취가 훅 풍겼다. 꺼끌꺼끌한 목소리로 연수가 속삭였다.

"그러고 나서…… 사람이 죽어 나갔어."

"네?"

"저주가 내렸대. 할배가 그렇게 말했다. 저주…… 저주가 내렸다고. 저주! 캬캬캬캬!"

연수는 그렇게 소리치더니 발작하듯 웃음을 터트렸다. 그러고는 마을을 향해 달려가 버렸다. 윤동욱은 한동안 공터에 서서 머릿속을 정리했다. 정신이 온전하지 못한 건 사실이지만, 연수라는 여자가 거짓을 꾸며낼 것 같지는 않았다. 그는 정말로 어떤 여자가 현천강에 빠지는 걸 봤다. 다만 말하는 것으로 봐서 그게 전수라를 뜻하는 건 아닌 듯했다.

"훨씬 더 오래전 이야기 같았어."

윤동욱은 그렇게 중얼거렸다. 그러자 마을 사정이 더욱 궁금해졌다. 그때였다. 핸드폰으로 전화가 걸려 왔다. 발신자는

'옥도령'이었다. 전화를 받자마자 옥도령이 빠른 말투와 높은 목소리로 떠들어 댔다.

"아! 형님. 나 이제 막 출발해. 미안, 미안. 어제 늦게까지 좀 놀았더니 영 못 일어나겠더라고. 현천마을이라고 했지? 내가 장비 다 챙겼으니까 혼자 재미 보지 말고 나 기다리셔. 알았지?"

"그래. 조심해서 와. 특히 운전 조심하고."

"걱정 붙들어 매셔. 내가 또 드라이빙 실력 하면……."

윤동욱은 다 듣지도 않고 전화를 끊었다. 옥도령은 제법 유명한 무꾸리였다. 용해서 유명하다기보다는 유튜브로 유명해진 경우였다. 그는 '귀신 보는 남자 옥도령' 채널을 운영하며 특유의 말솜씨와 뛰어난 기획력으로 인기를 얻었다. 각종 폐가를 돌며 영가가 있는지 없는지 찾아보는 것도 콘텐츠였고, 실제 퇴마 영상 같은 것도 자주 올리곤 했다. 발악하던 사람이 옥도령의 퇴마 의식 한 번에 얌전하게 변하는 걸 보면 다들 신기해했다. 물론 사기니 조작이니 하는 논란도 많았지만 옥도령이 50만 유튜버인 사실을 부정할 수는 없었다.

게다가 옥도령은 진짜 귀신을 볼 수 있었다. 뭐, 약간 과장하기는 해도.

접점이 전혀 없던 윤동욱과 옥도령은 애기신녀를 통해 안

면을 텄다. 옥도령이 퇴마에 실패한 사람을 애기신녀에게 데리고 와 도와달라고 한 것이다. 애기신녀는 어쩐 일로 순순히 허락해 굿판을 벌였고 그 사건은 잘 해결됐다. 그 과정에서 윤동욱은 옥도령과 친분을 쌓았다. 옥도령이 워낙에 친화력이 좋아 형님이라 부르며 먼저 친근하게 대한 것도 한몫했지만, 퇴마에 나름 진지한 그의 모습을 보고 윤동욱이 마음을 연 게 결정적이었다. 나중에 애기신녀는 이렇게 말했다.

"너희 둘은 귀한 인연이 될 거다. 그래서 일부러 자리를 만들었지."

그때부터 두 사람은 자주 만났다. 빤질빤질하고 노는 걸 즐기는 옥도령과 서글서글하지만 확실히 선을 긋는 윤동욱은 겉으론 상극처럼 보여도 그래서 오히려 더 잘 맞았다. 옥도령은 애기신녀의 장례식에 와서 자초지종을 듣고는 굳은 표정으로 말했다.

"형님. 수권지 뭔지, 그거 잡는 데 나도 도울 테니 꼭 좀 불러 주셔."

그래서 연락했는데 이제야 출발한다니 과연 옥도령답다 싶었다. 거기에 장비를 챙겼다는 건 유튜브용 촬영을 하겠다는 뜻이었다. 윤동욱은 고개를 절레절레 저으며 마을로 걸어 들어갔다.

폭우가 쏟아지던 그 밤에는 미처 알아채지 못했는데 현천 마을 역시 음기가 강했다. 일단 당산나무가 없었다. 마을 입구에 크고 우람한 나무가 서 있어야 음기를 빨아들이고 양기를 내뿜는다. 거기에 더해 현천마을은 움푹 팬 분지 지형이었다. 음기가 고이기 딱 좋은 환경이었다. 윤동욱은 이 마을에 유독 아픈 사람이 많을 거라고 짐작했다. 육체적인 병만이 아니었다. 마음에 병 걸린 사람이 많으리라.

오후의 열기 때문인지, 아니면 다른 일이 있는 건지 윤동욱이 마을 중앙까지 가는 동안에도 사람 한 명 마주치지 않았다. 아닌 게 아니라 무척 더웠다. 노인이라면, 이런 날에는 돌아다니지 않는 편이 나았다.

윤동욱이 목덜미에 맺힌 땀을 훔치며 잠시 숨을 골랐을 때였다. 돌연 서늘한 기운이 엄습했다. 날카롭고 예리한 날파람이 윤동욱을 스치고 지나갔다. 그 기운을 따라 걸음을 옮겼다. 윤동욱은 요령을 꺼내 들었다. 휴대하기 편한 작은 칠성 방울이었다. 요령은 음기에 반응한다. 음기가 강할수록 요란하게 울린다. 지금, 일곱 개의 방울은 사시나무처럼 떨고 있었다. 윤동욱은 문득 고개를 들어 정면을 바라봤다.

거기…… 집 한 채가 서 있었다.

아니, 엄밀히 말하면 집이라 부를 수 없는 곳이었다. 폐가,

그중에서도 요사스러운 기운이 잔뜩 깃든 흉가였다. 이미 사람이 살지 않은 지 오래된 듯 보였다. 담장은 허물어지고 창문은 모조리 깨졌다. 녹슨 대문은 한쪽이 떨어져 나갔다. 마당에는 잡초가 가득했다. 집 안에서는 대낮인데도 스멀스멀 어둠이 새어 나왔다.

여긴 위험하다!

본능적으로 그런 생각이 들었다. 지금껏 애기신녀를 모시고 여러 흉지를 돌아봤지만 이 집만큼 흉한 기운을 내뿜는 곳은 드물었다. 들어가기가 망설여질 정도였다. 그럼에도 윤동욱은 대문을 지나 마당으로 들어섰다. 한기가 어마어마했다. 걷어 올린 셔츠 아래로 드러난 팔뚝에 소름이 쫙 돋았다. 요령은 이미 저 혼자 춤을 추듯 흔들리고 있었다. 가슴이 답답했다. 집 안에 드리운 어둠 속에서 무언가가 노려보는 것만 같았다. 윤동욱은 마음을 다잡고 휘파람을 불었다.

"휘이이. 휘이이."

여자 무꾸리는 영가를 부를 때 말을 걸고, 박수는 휘파람을 분다. 윤동욱의 휘파람 소리는 묘한 음색을 띤 채 집 구석구석으로 퍼져 나갔다. 무언가가 걸려들 듯 걸려들지 않았다. 그 순간이었다.

"거기서 뭐 하는 거요?"

등 뒤에서 거친 목소리가 들렸다. 윤동욱은 고개를 돌렸다. 풍채 좋은 구릿빛 피부의 노인이 집 바깥에 서서 노려보고 있었다. 그에게서는 피 냄새가 났다.

방송 당일이 되자 작가들은 오히려 조금 여유가 생겼다. 뉴스 기사나 시청자 게시판 반응을 살피는 게 주된 일이었다. 민시현은 그 일을 하는 틈틈이 눈치를 봐 가며 최근에 발생한 현천강 사고를 조사했다. 생각해 보면 낚시하던 넷이 물에 빠져 둘이 살고 둘이 실종됐다는 그 사고가 모든 일의 발단이었다. 사고와 관련된 기묘한 전화를 받은 게 바로 조희정이었고, 그 녹음 파일을 들은 박재민 피디가 적극 동의하면서 참극에 발을 들여놓게 된 것이다. 그리고 그런 조희정의 USB를 지금 민시현이 들고 있었다. 방송에서 조희정 분량을 빼기로 하면서 녹음 파일을 찾는 이도 없어졌다. 유지희도 USB 이야기를 꺼내지 않았다. 사실 민시현 역시 USB의 존재를 까맣게 잊고 있다가 옷을 갈아입으려다가 문득 발견했다. 그게 오늘 아침의 일이었다. 마음 같아서는 당장 USB 속에 뭐가 들었는지 살펴보고 싶었지만, 방송국에서는 아무래도 불안했다. 그랬기에 현천강 사건만 조사하게 되었다.

조희정의 말처럼 그 사고는 인터넷 뉴스 몇 군데에 작게 보도되었다. 파주 현천강에서 보트 낚시를 하던 네 명이 물에 빠져 두 명은 물 밖으로 나왔으나 나머지 둘은 현재까지 실종 상태라고. 당연하게도, 후속 보도는 없었다. 민시현은 살았다는 그 두 사람 소식이 궁금했다. 그들과 이야기를 나눌 수 있다면 더 많은 정보를 얻지 않을까 싶었다. 문제는 둘의 연락처를 알 길이 없다는 데 있었다. 잠시 고민하던 민시현은 파주경찰서로 전화를 걸었다. 실종 사건이 된 만큼 관할 경찰서에서 계속 수사 중일지 모른다는 판단 때문이었다. 전화번호는 파주경찰서 홈페이지에서 찾았다.

"네. 파주경찰서 형사과 실종 수사팀입니다."

전화를 받은 이는 여자였다. 민시현은 준비한 대로 이야기를 꺼냈다.

"안녕하세요? 방송국 탐사 보도 프로그램 작가인데요, 여쭤볼 게 있어 연락드렸습니다."

"방송국이요? 어떤 프로그램이죠?"

경찰이 물었다.

"비밀과 거짓말이고, 저는 담당 작가 민시현이라고 합니다."

"아! 네네. 알겠습니다. 무엇을 도와드릴까요?"

방송국의 힘은 세다. 취재를 요청하면 대부분 제대로 확인도 안 하고 일단 알겠다는 말부터 한다. 거기에 비밀과 거짓말이라는, 전 국민이 다 아는 프로그램 이름을 대면 해결은 더 쉽다. 그럼에도 민시현은 신중하게 접근했다.

"최근에 파주 현천강에서 있었던 사고 관련해서 문의할 게 있습니다."

"현천강 사건이라면…… 아! 보트 전복 사건 말씀이죠?"

"네. 그 사건에서 두 분이 실종된 거로 아는데 혹시 찾았을까요?"

시체든 뭐든. 물론 뒷말은 하지 않았다.

"아직 찾지 못했는데 정확히 어떤 게 궁금하신 거죠?"

경찰 목소리가 경계하는 톤으로 바뀌었다. 미해결 사건에 관해 물어본다면 예민해질 수밖에 없으리라. 한 가지 다행인 점은 내일 방송의 배경이 현천강이라는 걸 아직 밝히지 않았다는 사실이었다. 그걸 알았다면 이 경찰은 일찌감치 전화를 끊었을지도 모른다.

"저희가 그 사건을 조사 중인데, 담당 경찰관과 통화가 가능할까요?"

"제가 담당입니다. 이지호 경장이라고 합니다."

"아! 잘됐네요. 그러면 몇 가지만 질문드리겠습니다."

"아직 수사 중이라 자세히 답변드리기는 힘들 것 같습니다만……."

이지호 경장은 말끝을 흐렸다. 민시현은 선을 넘지 말아야 겠다고 생각했다. 그러자면 질문을 잘 골라야 했다.

"그렇군요. 알겠습니다. 간단하게 사실 확인만 부탁드려도 될까요?"

"네. 그 정도라면 괜찮습니다."

"그날 남성 두 명과 여성 두 명이 보트에서 낚시하던 중 그 보트가 전복된 건 맞죠?"

"네. 그 점은 확실합니다. 다만 보트 전복 과정에서 다툼이 있었는지에 관해선 현재 수사 중입니다."

다툼이라……. 생각지 못한 전개였다. 그저 불행한 사고가 아니었다는 건가?

"생존자 두 분은 뭐라고 증언하셨을까요?"

"그게…… 실은 생존자가 한 분입니다."

"네?"

"한 분은 병원에서 사망하셨습니다."

"그만큼 위중한 상태였나요?"

민시현의 목소리가 조금 커졌다. 이지호 경장은 잠시 말이 없다가 이내 대답했다.

"아니요. 병원 옥상에서 추락사했습니다."

"거기서 뭐 하냐 말이오?"

노인이 성난 목소리로 다시 물었다. 윤동욱은 천천히 돌아섰다. 노인이 한 손에 든 낫이 햇빛을 받아 번쩍이고 있었다.

"한 번 둘러보고 있었습니다."

윤동욱은 사실대로 말했다. 노인의 시선이 윤동욱이 들고 있는 요령으로 향했다. 순간 가늘게 찢어진 그 눈이 홀쩍 커졌다.

"무당이야?"

노인은 그 단어를 입에 올리는 것조차 괴롭다는 듯 얼굴을 잔뜩 찡그렸다.

"그렇습니다. 마을을 돌아보는데 여기서 예사롭지 않은 기운을 느껴 들어와 봤습니다."

윤동욱의 말이 떨어지기 무섭게 노인이 손짓했다.

"빨리 나와! 무당이라고 객기 부리다간 경을 쳐! 거기가 어떤 집인데……."

"확실히 보통 폐가는 아닌 것 같긴 한데……."

윤동욱은 그렇게 말하며 새삼 집을 둘러봤다. 집은 올바른 방향으로 지어져 있었다. 다만 그걸 뛰어넘는 음산한 기운이 집 전체를 포위하듯 둘러싸고 있었다. 아마 이 집에는 길고양이도 들어오지 않을 거라고, 윤동욱은 예상했다.

"거기가 보통 집이었으면 진즉에 허물었지! 굿도 몇 번이나 했는데 그때마다 무당이 살려 달라고 빌면서 줄행랑을 놓았다니까."

과연 그럴 만했다. 잠깐 둘러본 것뿐인데도 벌써 몸이 아프기 시작했으니까. 신력이 조금이라도 약한 무꾸리는 얼굴에 뚫린 구멍이란 구멍에서 죄 피를 흘리며 쓰러질 판이었다. 무꾸리 사이에선 그런 걸 두고 살을 맞았다고 했다.

살(殺).

확실히 이 집에는 그 살기가 넘쳐흘렀다.

"알겠습니다. 나가겠습니다."

윤동욱은 순순히 밖으로 나갔다. 여긴 아무런 준비 없이 올 곳이 아니었다. 적어도 내력 정도는 알아야 할 것 같았다. 노인은 윤동욱을 보더니 주춤주춤 물러섰다. 뭐라도 물을까 봐 잔뜩 경계하는 눈치였다.

"괜찮아? 이상 없어?"

노인이 거듭 물었다. 윤동욱은 고개를 끄덕이며 대답했다.

"네. 그래도 혹시 모르니 소금을 좀 주시면……."

"알았어. 따라와."

노인은 뒷짐을 지고 휘적휘적 걸었다. 키도 훌쩍 크고 걸음걸이도 힘찼다. 젊어서는 힘깨나 썼을 게 틀림없었다. 물론 지금도. 윤동욱은 노인을 따라 지나왔던 길을 다시 걸으며 이상한 걸 눈치챘다. 몇 분 전과는 다르게 지금은 시선이 느껴졌다. 길 양옆으로 늘어선 집에는 다들 커튼을 쳐 놓았는데 그 사이로 자기를 훔쳐보고 있다는 느낌을 지울 수 없었다.

얼마 안 가 노인 집에 도착했다. 큰 개가 사납게 짖어 대다가 노인의 한마디에 꼬리를 말고 집으로 쏙 들어갔다.

"집이 시원하네요."

윤동욱은 마당에 서서 말했다. 노인 집에는 그림자가 드리워 있었다. 전형적인 응달 집이었다. 이런 집 역시 잡귀가 꼬이기 쉽다. 노인은 대답도 없이 안으로 들어가더니 곧 바가지 가득 흰 소금을 담아 나왔다.

"여기 있어."

"감사합니다."

윤동욱은 소금을 한 움큼 쥐고 먼저 노인에게 뿌려 줬다. 그러고는 자기 몸에도 뿌렸다. 이것으로 임시방편은 한 셈이었다.

"난 조칠복이라고 하는데 그쪽은?"

노인의 말을 듣는 순간, 윤동욱의 등허리를 타고 차가운 기운이 쏙 훑고 올라왔다. 조칠복이라면 민시현이 말했던 바로 그 사람이었다. 여자 목을 낫으로 베어 죽인 살인자.

"안 들려? 이름이 뭐냐고?"

조칠복이 다시 물었다. 윤동욱은 표정을 숨긴 채 대답했다.

"윤동욱입니다. 이 마을에서 돌아가신 애기신녀님의 애동제자입니다."

"아! 그러면 그날 밤 사고 현장에 있었구먼?"

이 노인이 마을에서 벌어진 참변을 모를 리 없다. 윤동욱은 솔직하게 말하는 편이 낫겠다 싶었다.

"네. 그때 그 집에 있었고, 제 스승님의 죽음이 아무래도 마음에 걸려 다시 와 봤습니다."

"왜? 그건 사고 아니었나? 게다가, 그런 건 경찰이 할 일이지."

"경찰이 하는 일이 있고, 저 같은 무꾸리가 하는 일이 따로 있죠."

윤동욱의 대답에 조칠복은 피식 웃었다.

"설마 그쪽도 수귀니 뭐니 그거 때문에 이러는 거야?"

"어르신께선 안 믿습니까?"

윤동욱이 물었다.

"그런 거 없으니까 헛심 쓰지 말고 빨리 돌아가. 여기 오래 있어 봐야 좋을 거 없어. 줄초상이 나서 다들 예민하거든."

"줄초상이요?"

조칠복은 물끄러미 윤동욱을 보더니 손사래를 쳤다.

"아냐. 알 거 없어. 빨리 가."

이 노인과 대화를 더 해 보고 싶었지만 아무래도 무리일 듯했다. 윤동욱은 한발 물러서기로 했다.

"알겠습니다. 그런데 어르신께선 저 폐가는 무서워하시면서 수귀는 또 안 믿으시는군요."

조칠복은 대답 없이 집으로 들어가 버렸다. 진한 피 냄새를 남기고서. 윤동욱은 보는 이가 없는데도 꾸벅 인사를 하고 다시 길거리로 나갔다. 집을 벗어나자마자 거짓말처럼 찌는 듯한 더위가 찾아왔다. 차라리 그 더위가 반가울 지경이었다.

"사람 여럿 죽였을 상이야."

윤동욱은 중얼거렸다. 조칠복은 어둡다 못해 현천강처럼 컴컴한 빛을 내뿜고 있었다. 그야말로 흉상(凶相)이었다. 조칠복이 어떤 인간인지는 확인했다. 하지만 그것만으로는 부족했다. 현천강 수귀에 관해 이야기를 들려줄 누군가를 찾아야했다. 그렇지 않고서는 이곳까지 온 목적을 달성하지 못한다. 윤동욱이 그런 생각과 함께 어떻게 할지 고민하고 있을 때였다. 민시현으로부터 전화가 걸려 왔다.

"여보세요? 작가님."

윤동욱은 곧장 전화를 받았다.

"현천마을에 계세요?"

민시현이 물었다.

"네. 방금 막 조칠복을 만나고 나오는 길입니다."

목소리를 낮춰 대답했다. 핸드폰 너머에서 민시현이 숨 삼키는 소리가 들렸다.

"어, 어땠어요? 제가 봤던 게 맞던가요?"

"역시 보통 사람은 아니었습니다. 아무래도 한 사람 이상을 죽였을 것 같고, 어쩌면 현천강 수귀와 관련이 높은 인물일지도 모르겠습니다."

"역시⋯⋯."

"전화하신 이유가?"

윤동욱은 조심스레 물었다. 분명 급한 이유가 있어 연락했을 것 같았기 때문이었다. 아직 두 사람은 그저 안부를 묻기 위해 통화할 사이는 아니었다.

"참! 저도 알아낸 게 있어요. 현천강에서 있었던 전복 사고 아시죠? 애초에 그 사건을 시작으로 방송 아이템을 잡았던 거고."

"네. 압니다. 물에서 못 나온 남자가 전화해서⋯⋯."

"맞아요! 그 사건에 반전이 있었어요."

"반전이라면?"

윤동욱은 일단 차를 향해 이동하며 계속 통화했다. 민시현은 흥분한 목소리로 이야기를 이어 갔다.

"물에 빠진 넷 중에 둘은 살았다고 했잖아요. 근데 그 두 명 중에서 한 명이 입원해 있다가 병원 옥상에서 떨어져 죽었다고 해요. 그것도 바로 나흘 전에!"

"네?"

"그것만이 아니에요. 담당 경찰에 따르면 넷은 낚시하러 현천강에 갔던 게 아닌 것 같대요. 뒤집힌 보트를 발견했지만 낚시 도구는 하나도 건지지 못했다나 봐요. 아시죠? 낚싯대는 가벼워서 물에 잘 뜨는 거. 그래서 생존자 둘을 추궁했더니 그 두 사람 사이에도 진술이 엇갈려서 이상하게 생각하던 중에……."

"한 명이 죽은 거군요."

"그래요. 거기다가 넷 사이를 아무리 연결하려 해 봐도 접점을 찾지 못했대요. 그러니까 그날 처음 만난 사이일 수도 있다는 거죠. 그래서 제가 생각해 봤는데……."

민시현은 목소리를 낮추어 속삭였다.

"혹시 그 넷이 뭔가 나쁜 짓을 하려고 모였던 건 아닐까요?"

"나쁜 짓이라면?"

"예를 들어 시체 처리 같은 거? 전 분명히 들었거든요. 조칠복이 여자를 죽인 뒤 돌멩이 매달아 강에 버리라고 했던 말을."

민시현의 가설은 신빙성이 있었다. 그렇다면 조칠복과 그 넷의 연결고리만 찾으면 의외의 결과를 끌어올릴 수도 있다는 뜻이었다. 윤동욱은 물었다.

"그러면 남은 한 사람은 지금 어디에 있습니까?"

"그 여자 주소를 어렵게 알아냈어요. 퇴원해서 지금 집에 있대요. 아! 옥상에서 떨어져 죽은 쪽이 남자거든요. 아무튼, 마침 서울이라 제가 찾아가 보려고요."

"지금 당장이요?"

"네. 조퇴 허락을 받았어요. 어제 사건 때문에 힘들다고 했더니 군소리 없이 허락해 줬거든요. 뭐, 실제로 그렇기도 하니까 순 거짓말은 아니고."

윤동욱은 민시현의 추진력에 놀랐다. 한편으로는 왜 이렇게까지 하는가 싶기도 했다. 수귀에게 복수하고 싶은 쪽은 자기였다. 민시현은 사실 이쯤에서 손을 떼도 전혀 이상할 게 없었다. 게다가 끔찍한 사건까지 목격했으니…….

"조심하세요. 부적 꼭 지니고. 전 한동안 마을을 돌면서 조금 더 조사할 겁니다. 동료도 오기로 했거든요."

"알겠어요. 새로운 걸 알아내면 서로 연락해요."

윤동욱은 전화를 끊고 가만히 생각에 잠겼다. 보트 사고, 죽은 여자, 조칠복, 그리고 수귀까지, 모든 걸 한 줄기로 엮기에는 아직 뭔가가 부족했다. 그 뭔가가 현천마을에 있을 것 같다고, 윤동욱은 생각했다.


민시현은 살아남은 여자의 주소를 받아 들고 잠시 고민했다. 그곳은 다름 아닌 자기 동네였다. 그것도 걸어서 5분도 안 걸리는 거리였다. 지독한 우연이겠지만, 그래도 찜찜한 건 사실이었다. 마을버스에서 내려 오르막길을 올랐다. 이 동네는 서울에서도 유명한 낙후된 곳이었다. 덕분에 집값이 싸서 민시현처럼 돈 없는 이들이 몰려드는 지역이기도 했다.

여자의 집은 금방 찾았다. 낡디낡은 연립주택이었고, 102호였다. 그렇다는 건 역시 반지하라는 뜻이었다. 묘한 우연이 연속으로 겹치는 걸 보며 민시현은 애써 불안함을 눌렀다. 그러고는 연립주택 안으로 들어가 계단을 내려갔다. 102호는 바로 보였다.

102호에는 인터폰 같은 건 없었다. 그저 새까만 초인종이 문에 붙어 있을 뿐이었다. 그걸 누르자 예상보다 시끄럽게 울려 민시현은 흠칫 놀랐다. 한동안 아무 대답도 돌아오지 않았

다. 민시현이 다시 초인종을 눌러야 하나 망설이고 있을 때 질
질 발을 끄는 소리가 들렸다. 그러고는 피로에 전, 거칠한 목
소리가 물었다.

"누구세요?"

여자의 이름은 신현미. 37세였다. 그런데 목소리만으로는
훨씬 나이가 든 것 같았다. 민시현은 재빨리 대답했다.

"안녕하세요? 방송국에서 나왔는데요. 뭐 좀 여쭤보려고
요."

"방송국? 지난번에 전화로 다 물어봤잖아. 뭐가 또 궁금한
데?"

"네? 아…… 저희는 비밀과 거짓말이라는 프로그램 팀인데
요……."

"그러니까! 똑같이 말하면서 귀찮을 정도로 물어서 내가
다 대답해 줬다니까!"

민시현은 순간 당황했다. 누가 선수를 친 걸까? 혹시 조희
정 선배가? 그렇다고 이대로 포기할 순 없었다.

"그, 그럼 한 번만 더 이야기해 주실 수 있을까요? 저희가
보충 취재를 해야 해서."

"그 사건 때문이지? 현천강."

신현미가 물었다.

"네. 맞습니다."

"그럼, 현금 좀 줄 수 있어? 묻는 말에 대답해 줄게."

뜻밖의 제안이었다.

"어, 얼마나요?"

"한 20 정도?"

난처했다. 민시현이 가진 현금이라곤 10만 원이 전부였다. 아무리 궁리해도 다른 방법이 없었다. 민시현은 물었다.

"제가 현금이 10만 원밖에 없어서요, 나머지 금액은 계좌이체로……."

"아, 씨팔. 나 은행 거래 못 한다고!"

"그러면 어떻게 할까요?"

잠시 침묵이 흐른 후 신현미가 대답했다.

"그러면 나랑 같이 편의점에 가. 거기 현금인출기에서 돈 뽑아서 줘. 그리고 이왕이면 커피도 한 잔 사 주고. 인터뷰도 거기서 하면 되겠네."

"아, 알겠습니다."

민시현이 그렇게 대답하자 곧장 문이 열렸다. 얼굴이 누렇게 뜬 여자가 잔뜩 헝클어진 머리카락을 쓸어 넘기며 현관에 서 있었다. 역시, 실제 나이보다 훨씬 들어 보였다.

"갈까?"

신현미는 슬리퍼를 끌면서 밖으로 나왔다. 민시현은 엉거주춤 따라갈 수밖에 없었다. 두 사람은 연립주택에서 나와 골목으로 접어들었다. 골목 끝에 편의점이 있었다.

"저…… 먼저 하나만 여쭤봐도 될까요?"

민시현은 어렵게 입을 뗐다. 신현미는 쉽게 말을 붙이기 힘든 분위기를 풍겼다.

"뭔데?"

"저 말고 먼저 연락해서 질문했다는 사람, 혹시 이름 기억하세요?"

"이름? 특이한 이름이었는데…… 뭐더라…… 참! 담배도 한 갑 정도 사 줄 수 있어?"

"네? 네. 사, 사 드릴게요."

민시현은 속으로 한숨을 푹 쉬었다.

"아! 이름 생각났다. 전수라. 분명 그렇게 말했어. 비밀과 거짓말의 전수라 작가라고."

"네?"

너무 놀라 우뚝 멈춰 서고 말았다. 머릿속 회로가 갑자기 헝클어진 느낌이었다. 전수라 선배가 왜? 이 질문 말고는 어떤 생각도 떠올릴 수 없었다. 신현미는 뒤를 힐끔 돌아보고는 답답하다는 표정으로 목소리를 높였다.

"뭐해? 나 바쁘다고. 빨리 돈부터 찾아서 줘."

"아, 알겠어요."

그제야 조금 정신을 차린 민시현은 편의점 앞에 설치된 현금지급기를 향해 뛰어갔다. 신현미는 구시렁거리며 따라왔다.

"뭘 그렇게 자꾸 놀라? 내가 진짜 놀랄 만한 이야기해 줘? 들으면 오줌 지릴걸? 흐흐."

민시현은 현금지급기 앞에 서서 카드를 넣었다. 순간, 너무나 멍해 비밀번호가 기억나지 않았다. 한참 머리를 쥐어짜도 마찬가지였다. 당황해서 손이 떨릴 정도였다.

"죄송해요. 조금만 더 기다려……."

그렇게 말하며 민시현은 뒤를 돌아봤다. 없었다. 신현미가 보이지 않았다. 완전히 돌아섰다. 그제야 신현미를 발견할 수 있었다. 그는 골목 끝 차도 쪽을 뚫어지게 노려보고 있었다. 등만 봐도 신현미가 숨을 몰아쉬고 있다는 걸 알 수 있었다.

"괜찮으세요?"

민시현이 다급하게 물었을 때였다. 신현미가 고개를 돌렸다. 그는 환히 웃고 있었다. 그러고 다음 순간, 차도를 향해 전력으로 질주했다. 슬리퍼가 벗겨졌지만 멈추지 않았고……마침 달려온 트럭이 신현미를 전속력으로 치었다. 민시현은 신현미가 공중에서 한 바퀴 돌아 머리부터 떨어지는 걸 보며 그 자리에 주저앉았다.

지이잉.

현금지급기는 비밀번호 입력 시간이 지났다며 카드를 뱉
어 냈다.

# TAKE 7. 흉가

같은 시각, 윤동욱은 다른 죽음을 목격했다. 옥도령과 함께였다.

두 사람은 현천마을 입구 공터에서 만났다. 옥도령이 몰고 온 차는 화려한 스포츠카였다. 과연 50만 유튜버답다고 생각하며 윤동욱은 쓴웃음을 지었다.

"와! 형님. 여기 뭔데 이렇게 흉흉해요? 식겁하겠네. 식겁하겠어."

옥도령은 차에서 내리자마자 떠들어 댔다. 선글라스를 쓰고 이 더운 날씨에 슈트까지 빼입은 모습이 무꾸리와는 거리가 멀어 보였다.

"여기서 애기신녀님이 돌아가셨어."

윤동욱의 말에 옥도령은 선글라스를 벗고 마을 입구를 쓱 훑어봤다.

"애기신녀님이 허망하게 당할 분이 아닌데……. 아무래도 여긴 터부터 모든 게 다 잘못된 것 같소."

"여기 오는 길에 강 있는 건 봤어?"

"봤지, 봤어. 살벌하더만! 아마 모르긴 몰라도 밤에 가면 물고기보다 귀신이 더 많을걸? 어쩌다 이런 데 엮이게 된 거요? 지척에 있는 강이 저 상태면 이 마을에 영향이 안 갈 수 없지."

"그래서 말인데, 나랑 같이 좀 가자. 보여 줄 집이 있어. 네가 딱 좋아할 집이야."

"오호! 물건이 나왔나 보네. 형님 표정 보니까 딱 알겠어, 딱. 잠깐 기다려 보셔. 장비 좀 챙길 테니까."

옥도령은 예상대로 차에서 최신 액션캠과 거치대를 꺼내더니 능숙한 동작으로 연결한 후 손에 들었다.

"넌 무꾸리 같은 아이템은 없어?"

윤동욱이 농담조로 묻자 옥도령이 바로 대답했다.

"신령님이야 늘 함께 계시고 이렇게 든든한 형님이랑 같이 가는데, 아이템이 뭐 필요해?"

그렇게 해서 두 사람은 윤동욱이 발견한 그 흉가로 향했다. 가는 길에도 역시 사람은커녕 개미 새끼 한 마리 보지 못했다. 옥도령은 내내 시시덕거리며 농담을 던지다가 흉가가 가까워질수록 말수가 줄어들었다. 그 역시 사특한 기운을 감지한 듯했다. 윤동욱은 두 번째 가는데도 소름 돋는 건 어쩔 수가 없었다. 아니, 오히려 그곳이 얼마나 흉한지 알기에 더 긴장됐다.

집이 보였다. 윤동욱이 허물어진 담을 가리키며 말했다.

"저기야."

"와…… 멋지네. 멋져."

그 말을 하는 옥도령의 목소리는 살짝 떨렸다.

"처음 왔을 땐 누가 방해해서 집 안으로 들어가 보진 못했어. 아무래도 집 안에 뭔가 있을 것 같거든."

윤동욱의 말에 옥도령은 고개를 끄덕였다.

"혼자 안 들어가길 잘했소, 형님. 저긴 귀신 소굴이거든. 봐요. 저 집 위쪽만 유독 구름이 잔뜩 껴서 컴컴하잖아."

그러고 보니 하늘은 전체적으로 맑고 파란데 흉가 위로는 먹구름이 가득했다. 흡사 구름이 내리누르려는 모양새였다.

"일단 들어가자."

윤동욱이 먼저 마당으로 들어섰다. 옥도령은 긴장한 표정으로도 촬영을 멈추지는 않았다. 오히려 구석구석 열심히 찍기 바빴다.

"자, 여러분. 옥도령입니다. 전 지금 경기도 파주에 있는 한 폐가에 왔는데요, 와! 여긴 진짜 장난 아닙니다. 밤이었다면 아무리 저라도 절대 못 들어왔을 겁니다. 그 정도로 흉해요, 흉해. 음기가 너무 강해 숨도 못 쉬겠거든요, 지금."

윤동욱은 옥도령이 떠들어 대는 걸 들으며 다시 휘파람을 불었다.

"휘이이. 휘이이."

그때였다.

휘이이.

휘이이.

휘파람 소리가 되돌아왔다. 순간 윤동욱과 옥도령이 서로를 쳐다봤다. 두 사람 얼굴에 단번에 긴장의 빛이 서렸다. 대낮에, 그것도 무꾸리의 휘파람 소리를 흉내 내는 영가가 있다? 있을 수 없는 일이었다.

"아무래도 안으로 들어가 봐야겠지?"

옥도령은 마뜩잖은 표정을 지었지만 딱히 반대하지는 않았다. 윤동욱부터 계단을 올라 집으로 향했다. 붉은색 현관문은 두 사람을 기다리기라도 한 듯 활짝 열린 채였다. 바닥은 나무였다. 거의 다 삭아 밟을 때마다 삐걱거리는 소리가 났다. 바람도 불지 않는데 찢어진 커튼이 나부끼고 있었다. 집 안은 바깥에 비해 음습한 기운이 비교할 수 없을 정도로 강했다. 공기의 질감도 달랐다. 보이지 않는 막으로 둘러싸인 것만 같았다.

"어휴. 누린내."

옥도령은 얼굴을 찡그리며 코를 막았다. 그 말 그대로였다. 집 안에는 누린내가 진동했다. 흉지일수록 악취를 풍긴다. 흉악한 귀신도 마찬가지다. 그중 가장 조심해야 할 냄새가 누린내였다. 누린내가 떠도는 곳에는 살기도 함께 머문다. 윤동욱은 다른 냄새도 맡았다.

"썩은 내도 나지?"

"그러네. 살벌하다, 살벌해."

두 사람은 거실을 가로지르다가 닫혀 있는 방문 앞에서 똑같이 멈춰 섰다. 그 방 안에서 형언할 수 없는 기운이 뻗어 나왔다. 마치 가시가 달린 듯 온몸을 찔러 댔다. 윤동욱은 말없이 옥도령을 쳐다봤다. 옥도령 얼굴이 하얗게 질려 있었다. 이마에는 식은땀이 맺혔다. 윤동욱 역시 등과 겨드랑이가 땀으로 흥건했다.

"여기가 진원지 같은데."

윤동욱의 말에 옥도령도 동의했다.

"말해 뭐해. 방문 너머에 잡것이 수두룩한데."

"연다."

"열어."

옥도령이 대답했다. 윤동욱은 손잡이를 잡고 단번에 돌렸다. 방문이 끼이익, 비명을 지르며 안으로 열렸다. 그 안에 펼쳐진 광경을 보고 둘은 한동안 아무 말도 못 했다. 제일 먼저 눈에 들어온 건 병풍이었다. 병풍에는 아무런 그림도 없었다. 그저 먹빛처럼 검을 뿐이었다. 그 앞에 놓인 건 제단이었다. 향로는 뒤집혔고, 초는 흉측하게 녹았지만 요령이며 신칼 같은 무구들은 자리를 지키고 있었다.

"뭐야? 여기 당집이야?"

옥도령 목소리가 덜덜 떨렸다. 긴장하기는 윤동욱도 마찬가지였다.

"그런 것 같은데……."

무꾸리의 거처인 당집이 흉가가 된다는 건 최악이었다. 당집 자체가 온갖 영가를 불러 모으니 자연스레 귀신 천지가 되는 건 둘째 문제였다. 진짜 무서운 건 무꾸리가 한을 품고 죽어 귀신이 되는 경우였다. 이른바 '무당귀'는 영험한 무속인도 피하는 악귀 중 악귀였다. 그리고…… 집의 상태로 봤을 때 이곳의 주인이 편히 눈을 감지는 못했을 것 같았다.

"썩은 내는 병풍 뒤에서 나."

옥도령이 병풍을 가리키며 말했다. 윤동욱은 천천히 걸어가 병풍을 열었다. 그러고는 자기도 모르게 신음을 토해 냈다.

"윽!"

병풍 뒤에는 족히 수십 마리는 될 법한 까마귀가 줄에 매달린 채 죽어 있었다. 눈알은 파내고 부리 끝은 잘랐다. 그것이 무얼 뜻하는지 두 사람은 너무나 잘 알았다.

"저주야. 끔찍한 무고(巫蠱)라고."

옥도령이 중얼거렸다.


민시현은 천천히 일어나 몇 발 앞으로 걷다가 우뚝 섰다. 다리가 덜덜 떨려 도저히 발을 뗄 수 없었다. 시야 가득, 목이 완전히 꺾인 채 쓰러진 신현미 모습이 들어왔다. 죽은 게 분명했고, 죽었어야 했지만…… 신현미는 몇 번인가 더 꿈틀거리다가 움직임을 멈췄다. 얼굴에는 여전히 미소가 걸려 있었다. 사람들이 몰려들기 시작하는 것까지 보고 민시현은 돌아섰다. 더 버틸 자신이 없었다. 현기증이 일어 현금지급기에 기댄 채 한동안 눈을 감고 있었다. 다행히 쓰러지진 않았고, 민시현은 눈을 떴다. 그사이 누군가 신고했는지 멀리서 사이렌이 울렸다.

도대체 무슨 일이 벌어진 건지, 눈으로는 봤지만 머리가 받아들이지 못했다. 한 가지 생각만 분명하게 떠올랐다.

이 자리를 피해야 한다!

신현미의 행동은 조희정과 같았다. 그 섬뜩한 미소하며 홀린 듯 죽음을 선택한 것까지. 분명 정상적인 상황이 아니었다. 두 사람의 죽음에서 수귀를 떼 놓고 생각할 수 없었다. 그렇다면…… 이 순간에도 수귀가 가까이서 지켜보고 있을지 모를 일이었다. 친근한 미소와 함께 이리로 오라고 손짓하며…….

**…… 같이 가자.**

"헉!"

그 소리가 정말로 들리는 것만 같아서 민시현은 귀를 막았다. 그때였다. 바닥에 떨어진 뭔가를 발견했다. 빨간색 라이터였다. 죽은 신현미가 내내 들고 있던 물건. 민시현은 충동적으로 그걸 주워 들고는 주머니에 넣었다. 그런 뒤 돌아서서 걷기 시작했나. 끈적끈적한 시선이 뒤통수에 달라붙었지만 절대 돌아보지 않았다. 그저 주먹을 꽉 쥐고 걸을 뿐이었다. 정면만 본 채로.

민시현이 골목을 지나서 내리막길로 접어들었을 때 전화

가 왔다. 안 받으려 핸드폰도 꺼내지 않았지만 전화는 끊어질
듯 끊어지지 않았다. 결국 포기하고 핸드폰을 꺼내 들었다. 액
정에 '하희주'라고 떴다. 아까와는 다른 의미로 심장이 철렁
내려앉았다. 불길했다. 아니나 다를까…….

"비상이야!"

하희주는 민시현이 채 입을 떼기도 전에 그렇게 소리쳤다.

"네?"

"비상이라고! 빨리 방송국 들어와."

하희주는 다짜고짜 비상이라는 말만 했다.

"저 몸이 안 좋아서 조퇴한 건데……."

"지금 그게 문제가 아니라니까! 오늘 방송 날리게 생겼어."

신경질적으로 소리치는 하희주를 향해 민시현이 되물었다.

"그게 무슨 말이에요?"

"설명은 들어와서 들어! 팀원 모두 대기 상태야!"

전화는 일방적으로 끊어졌다. 민시현은 머리가 지끈거리
는 걸 간신히 참으며 통화 내용을 곱씹었다.

방송이 날아간다는 건 오늘 밤 〈비밀과 거짓말〉이 결방될
수도 있다는 뜻이었다. 그것도 사전 예고도 없이. 지금껏 그런
일은 없었다. 정말로 결방된다면 시청자 게시판은 폭발할 것
이다. 얼마나 가혹한 비판이 날아올지 예상도 할 수 없었다.

말 그대로 비상이긴 했다.

민시현이 방송국에 도착했을 때는 이미 모든 제작진이 모여 긴급회의를 하고 있었다. 국장까지 나온 걸 보니 큰일은 큰일이구나 싶었다. 민시현은 눈치를 살피며 입구와 제일 가까운 자리에 조용히 앉았다. 곧 국장의 고성이 날아들었다.

"이게 말이 돼? 응? 편집본이 다 날아갔다고? 너희가 아마추어야? 누가 그딴 실수를 저질러!"

"죄송합니다. 저희도 도저히 이해가 안 되는 상황이라……."

편집팀 팀장은 끝까지 말을 잇지도 못했다.

"이 새끼가 죄송하다면 다야? 백업은? 당연히 백업은 했어야지!"

국장은 금방이라도 폭발할 것처럼 얼굴이 붉어졌다.

편집본이 다 날아갔다는 건 막내인 민시현이 생각하기에도 말이 안 되는 일이었다. 막대한 촬영 분량을 가지고 편집을 하기에 그 일이 결코 쉬운 게 아니라는 건 민시현도 안다. 그렇기에 수시로 저장하고 백업까지 하는 게 당연한 절차였다. 아니다. 애초에 편집본이 날아가는 일 자체가 거의 불가능에 가까웠다. 누가 고의로 다 지우지 않고서는…….

"원본도, 백업해 둔 것도 전부 지워졌습니다. 장비엔 아무이상이 없었고, 저희 쪽 실수도 아닙니다."

박재민 피디가 충혈된 눈을 한 채 말했다. 수염이 거뭇거뭇한 것으로 봐서 밤샘 작업을 계속한 모양이었다.

"야! 박 피디. 그러면 뭐, 귀신이 장난질이라도 쳤다는 거야?"

국장은 그렇게 묻고는 입을 벌린 그대로 얼굴을 찡그렸다. '귀신'이라는 단어 하나에 회의실 공기가 싸늘하게 식었다. 민시현은 조용히 주변을 살폈다. 다들 설마 하면서도 겁먹은 표정이었다.

"귀신 장난인지 아닌지는 알아봐야죠."

박재민 피디가 말했다. 그는 어딘지 모르게 평소보다 흥분한 듯 보였다.

"뭐, 뭘 어떻게 하겠다는 거야? 당장 오늘 밤이라고! 지금 다시 편집하는 건 물리적으로 불가능하잖아?"

국장이 조금 누그러진 목소리로 물었다.

"생방송이 있습니다."

"뭐?"

박재민 피디의 말에 놀란 건 국장만이 아니었다. 모두 입을 쩍 벌린 채 박재민 피디를 바라봤다.

"지금 바로 현천강으로 이동해 생방송 준비를 할 겁니다. 전에 찍어 둔 영상 원본은 존재합니다. 그것과 현천강 현장을 번갈아 보여 주는 겁니다. 녹화 때 출연했던 전문가도 그대로 불러 그날 무슨 일이 있었는지 현장에서 인터뷰하고…….”

“그게 가능하다고 생각해? 강물 하나 배경에 두고 도대체 한 시간 반을 무슨 수로 때우려고? 시청자들이 참 좋아하겠다. 기다리는 수귀는 보이지도 않고 생방송 쇼나 펼치면.”

“현천강에서 지노귀굿, 그중에서도 망자를 불러내는 영실을 펼칠 겁니다. 굿하는 장면을 생생하게 보여 주는 것만으로도 시청자는 흥미를 느낄 겁니다. 거기에 무당한테 수귀가 씌기라도 하면…….”

“아뇨! 수귀는 이미 나와서 돌아다니고 있어요!”

민시현은 벌떡 일어나며 외쳤다. 그러고는 아차 싶었다. 후회하기에는 이미 늦은 상태였다. 모두, 국장까지 민시현을 뚫어지게 보고 있었다.

“어이. 그게 무슨 말이야?”

국장이 물었다.

“아, 아니 그게…… 그날 밤 물 밖으로 나온 수귀가 지금 누군가한테 빙의됐는데 그게 여기저기 막 돌아다니면서 사람도 죽이고…….”

“뭔 소리를 하는 거야?”

국장은 대번에 짜증부터 냈다. 민시현은 뭐라고 설명해야 할지 몰라 막막했다. 그때였다. 회의실에 키득거리는 소리가 울려 퍼졌다. 박재민 피디가 어깨를 들썩이며 웃었다. 그러더니 민시현을 노려보며 조용히 말했다.

"거기 수귀가 한둘인 줄 알아?"

분위기가 착 가라앉았다. 한동안 날 선 침묵이 맴돌았다. 눈치를 살피던 국장이 헛기침을 몇 번 하더니 박재민 피디에게 물었다.

"자신 있어?"

"네. 국장님은 사장님 허락만 받아 주세요. 방송은 제가 책임지겠습니다. 장담합니다. 오늘 생방 끝나고 나면 전국이 떠들썩할 겁니다."

민시현은 다시 크크 웃는 박재민 피디를 보며 고개를 갸우뚱했다. 혹시…….


"어떻게 생각해?"

윤동욱이 옥도령에게 물었다. 두 사람은 그 집에서 나와 마을 입구 공터로 돌아왔다. 옥도령은 준비해 온 팥을 자기 몸과 윤동욱에게 뿌리기에 바빴다.

"휘이. 휘이. 잡것 모두 저리 가셔!"

"어떻게 생각하냐니까?"

윤동욱은 다시 물었다.

"뭘 어떻게 생각해요, 형님. 딱 봐도 각이 나오는구먼. 무당 귀요, 무당귀. 이유는 몰라도 어쨌든 무당이 한을 품고 죽었다고. 거기다가 그냥 죽은 것도 아니고……."

"물에 빠져 죽었다?"

"내 말이! 무당귀도 섬찟한데 그게 또 수귀가 됐어! 이건 뭐, 애기신녀님이 그렇게 되신 거도 이해가 되네. 여긴 얼씬도 말아야 할 곳이야."

옥도령은 그렇게 말하며 몸을 부르르 떨었다. 어느덧 한낮의 열기는 조금씩 수그러들고 있었다. 거기에 더해 흥가 위에 자리 잡고 있던 먹구름이 조금씩 하늘 전체로 영역을 넓혀 갔다. 아직은 낮인데도 마을에는 어두운 그림자가 드리웠다.

무당이 물에 빠져 수귀가 되었다……

윤동욱이 생각하기에도 그건 끔찍한 일이었다. 무꾸리 사이에서도 조심하는 귀신이 셋 있었다. 웃는 귀신과 수귀, 그리고 마지막이 무당귀였다. 그중 둘이 합쳐졌으니 보통 악귀가 아니게 된 것도 이해가 갔다. 그날 밤, 천하의 애기신녀마저 떨게 했던 그 수귀의 정체가 바로 물에 빠져 죽은 무당이었다. 증거는 없지만 정황상 앞뒤가 맞아떨어졌다. 민시현이 사이코메트리로 봤다던 그 사건과도 연결됐다. 낮에 목이 잘려 죽은 여자. 그 여자는 흰색 한복을 입고 있었다. 거기에 피 묻은 흰색 댕기까지. 조칠복이 죽인 그 여자가 무꾸리였다면…… 그리고 현천강에 버려진 거라면…… 수귀가 되고도 남았으리라.

"그런 수귀가 사람에게 빙의해서 돌아다니고 있어. 막아야 해."

윤동욱의 말에 옥도령은 천천히 고개를 끄덕였다.

"막긴 막아야지. 그런데 쉽지 않겠단 말이야. 아무튼, 오늘은 이만 돌아가서. 유튜브 분량은 확실히 뽑았고, 빨리 가서 묻은 것들 좀 털어 버리고 싶네."

"그래야지. 비도 올 것 같고."

하늘을 올려다보며 윤동욱이 말했을 때였다.

툭.

뭔가가 두 사람을 향해 날아왔다.

툭.

한 번 더. 그러고는 웃음이 뒤따랐다.

"이히히히."

두 사람은 동시에 고개를 돌렸다. 어느새 다가왔는지 연수가 쪼그리고 앉아 길바닥에 굴러다니는 팥을 주워서 던지고 있었다.

"쟨 또 뭐야?"

옥도령이 미심쩍은 표정을 한 채 말했다.

"잠깐. 내가 물어볼게."

윤동욱은 그렇게 말하고는 연수를 향해 다가갔다.

"형님. 뭘 물어봐요? 딱 봐도 회까닥했구면."

옥도령에게 조용히 하라고 손짓한 뒤 윤동욱은 연수에게 말을 걸었다.

"저 기억하죠? 하나만 더 물어봐도 될까요?"

연수는 끄덕끄덕했다. 딱히 경계하는 표정은 아니었다. 시선은 팥에 머물러 있었다.

"저기에 사람 안 사는 집 있죠? 거기에 살던 사람…… 어떻게 됐는지 아세요? 혹시 그 사람이 물에 빠진 언니인가요?"

그때였다. 연수가 눈을 동그랗게 치켜뜨더니 벌떡 일어났다.

"아……."

연수의 입이 벌어졌다. 시선은 윤동욱의 뒤편으로 향했다. 그러고 곧 거친 한마디가 들렸다.

"뭐 하는 거요?"

흰머리 성성한 노인이 서 있었다. 윤동욱은 그가 연수의 할아버지라는 걸 기억해 냈다. 노인은 잔뜩 화난 표정이었다.

"아! 죄송합니다. 궁금한 게 있어 질문 좀 드렸습니다."

윤동욱은 일부러 더 서글서글하게 웃으며 말했다. 그사이 연수는 쪼르르 달려가 노인 옆에 섰다.

"마을에 낯선 남자 둘이 돌아다닌다고 하더니만……."

노인은 손녀인 연수를 등 뒤에 세우며 경계하는 눈빛으로 윤동욱과 옥도령을 노려봤다. 하지만 눈매가 그리 매서워 보이지는 않았다.

"저희 위험한 사람 아니에요. 걱정하지 마세요. 하하."

옥도령이 넉살 좋게 웃었다.

"그건 모르겠고, 이 작은 마을이 뭐 그리 궁금하다고 묻고 다니는 거요?"

"사실 저흰 둘 다 무당인데, 저기 마을 안쪽에서 꽤 음산한 집을 발견해서요."

윤동욱이 그렇게 말하자 노인 얼굴에 당황한 빛이 서렸다. 그러더니 연수 손을 잡고 몸을 돌려 자리를 뜨려고 했다. 윤동욱은 다급하게 덧붙였다.

"거기, 당집이었죠?"

노인이 멈춰 섰다. 망설이는 듯했다. 윤동욱은 조금 기다리기로 했다. 옥도령에게도 눈짓을 보냈다. 가만히 있으라고. 곧 노인이 고개를 돌려 윤동욱을 봤다. 그러고는 물었다.

"뭐가 궁금한 거요?"

"괜찮으시면 그 집에 무슨 일이 생겼는지 말씀해 주실 수 있을까요? 꼭 알아야 할 이유가 있습니다."

윤동욱의 말에 노인은 잠시 생각하는 듯하더니 이내 대답했다.

"여긴 보는 눈이 많으니 내 집으로 갑시다."

모든 게 정신없이 진행됐다. 장비를 챙기는 것부터 해서 생방송 계획을 세우는 것까지 단 몇 시간 안에 해결해야 했다. 다들 투덜댔지만 열심히 자기 몫의 일을 했다. 모두 알고 있었다. 오늘 밤 생방송이 얼마나 중요한지. 민시현은 거의 도박이나 다름없다고 생각했다. 그야말로 올인이었다. 알 수 없는 문제가 발생했는데 거기에 더해 박재민 피디의 이해할 수 없는 선택까지 이어졌다. 찜찜했다. 특히 지금껏 알아낸 사실이 있어 더 마음이 불편했다. 박재민 피디에게 수귀에 관해 말해야 하지 않을까? 몇 번이나 고민했지만 결국 민시현은 입을 다물고 있었다. 말해 봐야 박재민 피디가 들어 줄 것 같지 않았다.

"시현 작가. 전문가 섭외 끝났어?"

민시현이 생각에 잠겨 있을 때 유지희가 쏘듯 물었다. 민시현은 퍼뜩 현실로 돌아왔다.

"아! 죄송해요. 지금 전화할 겁니다."

"아직 안 했어? 뭐 하는 거야? 빨리 전화해!"

유지희는 짜증 섞인 표정으로 쏘아붙이고는 서둘러 어딘가로 향했다. 다들 신경이 날카로운 상태였다. 민시현은 작게 한숨을 쉰 뒤 김상수 교수에게 전화했다. 제발 순조롭게 섭외되길 바라며.

"여보세요?"

나긋나긋한 목소리가 들렸다.

"교수님. 안녕하세요? 비밀과 거짓말의 민시현 작가입니다. 저, 기억하시죠?"

민시현이 물었다.

"기억하죠. 오랜만이네요."

"네. 사실 부탁드릴 게 있어서……."

"뭐죠?"

"아! 다른 게 아니라 오늘 저희 프로에 한 번 더 출연해 주실 수 있을까 해서요."

민시현은 뭐라고 덧붙여 설명해야 할까를 고민하면서 김상수 교수의 대답을 기다렸다.

"그럼요. 출연하겠습니다."

다행히 긍정적인 답변이 돌아왔다. 민시현은 덧붙였다.

"촬영지는 지난번처럼 현천강인데요, 하나 말씀드리자면 오늘은 밤에 생방송으로 진행됩니다. 괜찮으실까요?"

"괜찮습니다. 몇 시까지 가면 되는지 뭘 준비해야 하는지 메시지로 남겨 주세요."

가타부타 다른 말 하지 않는 김상수 교수가 정말 고마웠다. 첫인상대로 서글서글한 사람이었다.

"네! 감사합니다. 정말 감사합니다. 그럼 메시지 드리겠습니다!"

민시현은 전화를 끊고 김상수 교수 이름 옆에 체크 표시를 했다. 지노귓굿으로 유명한 무속인은 하희주가 섭외한다고 했으니 사실상 전문가 섭외는 끝난 셈이었다. 그제야 윤동욱을 떠올렸다. 그만큼 정신이 없었다. 민시현은 윤동욱에게 재빨리 메시지를 보냈다.

– 아직 현천마을에 계세요? 저 지금 거기로 가요.

길게 이유를 설명할 시간은 없었다. 허현철이 모두에게 들리도록 목소리를 높여 공지 사항을 알렸다.

"작가 포함해서 제작진 중 이동하며 업무 가능한 사람은 지금 바로 현천강으로 갈 겁니다. 배정받은 차에 탑승하세요!"

민시현은 노트북을 챙겨 들고 자리에서 일어났다. 이럴 때 서두르지 않으면 또 잔소리가 돌아온다. 언제라도 확인할 수 있게 핸드폰은 바지 주머니에 넣었다. 그때였다. 손가락이 주머니 속 라이터에 닿았다. 찌릿한 느낌이 손가락을 타고 온몸으로 퍼져 나갔다. 찰나의 순간, 다시 그것이 찾아왔다.

사이코메트리.

가느다란 손가락이 라이터를 만지작거렸다. 신현미였다. 핸드폰을 귀에 대고 통화 중이었다. 신현미는 병원 침대처럼 보이는 곳에 비스듬히 앉아 있었다. 그러니까, 비밀과 거짓말 작가라는 거잖아요. 뭐가 궁금해서? 뭐? 그 사건? 상대방 목소리도 들렸다. 네. 무슨 이유로 현천강으로 가셨고, 어쩌다 사고를 당했는지 그게 궁금합니다. 목소리의 주인은 전수라였다. 뭐야? 다 알고 전화한 거 아니었어? 그런데 내가 말해 줘야 할 의무라도 있나? 신현미는 피식 웃었다. 사례를 원하시면 맞춰 드리겠습니다. 제가 알고 싶은 건 진실이에요. 사실 그대로만 말씀해 주시면……. 전수라의 말을 자르며 신현미가 대답했다. 알았어. 알았다고! 액수는 내 맘대로 불러도 되지? 흐흐. 좀 있으면 회진 돌 시간이라 내가 짧게 말할 테니 잘 들어. 난 그날 거기 강바닥에서 뭘 좀 건지면 된다고 해서 갔어. 내가 그래도 잠수를 좀 하거든. 약에 손만 안 댔으면 수중 촬영이다, 뭐다 해서 바빴을 텐데. 흐흐. 아무튼, 그날 만난 나머지 셋도 나랑 비슷한 처지더라고. 씨팔 돈은 없고 일은 해야

200

하니까 뭐든 시키는 대로 할 수밖에 없는 인간. 근데 물에서 건져야 할 게 시체더라고, 시체. 그 영감이 그렇게 말했어. 가라앉은 시체가 있을 테니까 그걸 건져 오면 된다고. 시체라고요? 누구 시체인지 그런 말은 없었어요? 전수라가 놀란 목소리로 되물었다. 없었어. 그뿐인 줄 알아? 나한테 처음 할 일 있다고 그 우라질 강으로 오라고 한 고 년도 아무 말을 안 해 줬다고! 알았으면 안 가는 건데. 그 여자가 누군데요? 혹시 이름 아세요? 처음에 연락한 사람. 전수라가 물었다. 이름이야 당연히 알지. 내가 아직 약쟁이 되기 전에 방송 출연하면서 면을 튼 작가거든. 이름이 **조희정이야, 조희정.**

"아!"

다시 현실로 돌아온 민시현은 의자에 털썩 주저앉았다. 속이 메슥거렸다. 눈앞이 빙글빙글 돌았다. 머릿속은 뒤죽박죽에 진땀까지 흘렀지만, 신현미가 입에 올린 그 이름만은 또렷하게 떠올랐다.

조희정.

신현미는 분명 자기를 현천강으로 보낸 이가 조희정이라 말했다. 게다가…… 민시현의 예상과 달리 그날 모인 넷은 강에 뭔가를 빠뜨리려 간 게 아니었다. 반대였다. 시체를 건져 올린다…….

도대체 누구 시체를?

설마 조칠복이 죽인 그 여자는 아닐까?

그렇다면 신현미가 말한 영감 역시 조칠복일 수도 있지 않을까?

의문은 꼬리에 꼬리를 물고 이어졌다. 그것들 중 가장 큰 의문은 조희정이 왜 그 일에 가담했느냐 하는 것이었다. 심지어 조희정은 전수라가 모든 걸 알아냈다는 사실을 깨닫자마자 서슴없이 죽였다. 그러고…… 자기 역시 비참한 죽음을 맞이했다. 수귀에 홀려서.

민시현은 숨을 고르며 한 가지 가능성을 떠올렸다. 조희정은 현천강 속 시체와 관련이 있고, 그랬기에 수귀의 표적이 되었다. 그러면 조희정에게 걸려 온 제보 전화는 도대체 어떻게 된 걸까? 그 의문을 풀려면 역시 조희정의 USB를 뒤져 봐야 했다.

"시현 작가. 빨리 나와!"

유지희가 문 앞에서 소리쳤다.

"네!"

민시현은 서둘러 다시 일어났다. 지금 간절한 건 윤동욱과의 대화였다. 각자 알아낸 걸 맞춰 가다 보면 퍼즐이 완성될 것 같았다. 그 퍼즐이 어떤 무시무시한 그림일지는 모르지만······.

"그 집에는 무당이 살았소. 작은 마을 무당이긴 해도 용하고 재주가 많았지. 원래 살던 늙은 무당이 죽은 후에는 그이가 굿을 도맡아 했소. 특히 그 옛날 홍수 이후로 매년 그때가 되면 큰 굿을 여는데 무당은 그날만큼은 사례도 받지 않고 종일 굿을 했지."

노인은 차분히 말했다. 노인의 집은 작고 좁긴 해도 깔끔하게 정리돼 있었다. 낡은 선풍기가 돌아가며 미지근한 바람을 쏟아 냈다. 윤동욱과 옥도령은 조용히 이야기를 듣고 있었다. 노인은 말을 이었다.

"그 무당은 우리 연수한테도 참 잘했지. 젊은 사람이라곤 없는 이 마을에서 그래도 나이 차 얼마 안 나는 그 무당을, 연수도 언니라 부르며 잘 따랐고. 그랬는데······."

노인은 말을 끊고 한숨을 푹 쉬었다. 그 틈을 타 윤동욱이 물었다.

"무당 이름이 뭐였습니까?"

"다들 선녀라고 불렀소. 선녀님, 선녀님 했지. 실제 심성도 선녀처럼 참 고왔고."

"그런데 어쩌다가······."

옥도령이 말끝을 흐리며 노인을 바라봤다.

"모든 게 다 그놈들 때문이오."

노인의 목소리가 커졌다.

"그놈들이라면?"

윤동욱이 물었을 때였다. 여러 개의 성난 발소리가 마당을 가로지르더니 마루 위까지 이어졌다. 노인의 얼굴이 대번에 하얗게 질렸다. 방문이 벌컥 열렸다. 조칠복이 낫을 들고 성큼 들어왔다. 신발을 신은 채였다. 그 뒤로 다른 노인 대여섯이 따라 들어왔다. 그들 역시 곡괭이며 삽 같은 흉기를 들고 있었다. 분위기가 순식간에 험악하게 변했다.

"무, 뭡니까?"

옥도령이 엉거주춤 일어나며 물었다. 윤동욱도 일어나려 했다. 그때 조칠복이 낫을 휘두르며 소리쳤다.

"움직이지 마! 꼼지락거리기만 해도 손모가지 잘라 버릴 테니까!"

"왜 이러시는 겁니까?"

윤동욱이 주위를 살피며 물었다. 아무리 노인뿐이라 해도 흉기를 들고 있다. 몸싸움이라도 벌어졌다가는 안전을 장담할 수 없는 상황이었다.

"쥐새끼처럼 왜 들쑤시고 다녀? 엉? 아까 나 만나고 돌아갔으면 이런 일 없잖아."

조칠복은 눈알을 부라리며 외쳤다. 그러고는 뒤쪽 노인들
에게 지시했다.

"이 무당 새끼들 묶어."

3부

·

물
귀
신

## TAKE 8. 틈입

스타렉스는 파주를 향해 달려 나갔다. 어느덧 뉘엿뉘엿 해가 지고 있었다. 저 멀리 서쪽 하늘부터 붉게 물들어 갔다. 구름이 층을 이룬 채 쌓여 있었다. 먹구름이었다.

"또 비 오는 거 아냐?"

차 안의 누군가가 속삭이듯 말했다. 아무도 대답하지 않았다.

민시현은 스타렉스 제일 뒷자리에 앉아 있었다. 좁아서 아무도 안 앉으려는 자리라 막내인 민시현 차지가 되었는데 오히려 좋았다. 몰래 뭔가 하기에는 이만한 자리가 없었다. 민시현은 노트북을 무릎에 올려놓고 문제의 USB를 꽂았다. 노트북에는 이미 이어폰을 연결해 놓았다. 엉뚱한 USB면 어쩌나 걱정했지만 다행히 폴더 안에는 수십 장의 사진과 함께 녹음 파일 두 개가 들어 있었다. 파일 이름은 각각 '제보 전화_원본'과 '제보 전화_편집'이었다. 민시현은 원본 녹음 파일을 클릭했다. 그러고는 한쪽 귀에 이어폰을 끼고 파일 속 대화를 듣기 시작했다.

- 네. 비밀과 거짓말 제작진입니다.

- 제보…… 해도 됩니까?

- 그럼요. 제보는 언제든 환영입니다. 어떤 걸 제보하시려고요?

- 수귀…….

- 네? 다시 한번 말씀해 주시겠어요?

- 수귀가 있습니다. 물귀신.

- 아! 물귀신이요. 네. 알겠습니다. 혹시 물귀신, 그러니까 수귀를 목격하셨나요?

- 파주에 현천강이라고 있습니다. 거기 수귀가 삽니다.

- 파주, 현천강. 실례지만 이곳에 수귀가 산다는 증거 같은 게 있을까요?

- …….

- 여보세요? 제보자님. 여보세요?

- …… 강둑을 지나면…… 밤에…… 물에서 수귀가 나와 손짓을 한답니다. 같이 가자고.

- 아! 그러니까 그걸 직접 보셨다는 거죠? 조금 더 자세히 말씀해 주세요.

- 넷이 들어갔는데…… 둘만 나왔습니다. 수귀가 끌고 가서…….

- 익사 사고가 있었나 보군요. 경찰에 신고는 하셨습니까?

- 아무도 안 믿어 줘서…….

- 네. 한번 정리해 볼게요. 파주 현천강에서 익사 사고가 있었다. 맞죠?

- 네.

- 그런데 선생님 생각에는 그 사고가 수귀, 그러니까 물귀신 때문이라는 거죠?

- 네.

- 알겠습니다. 일단 선생님 성함 좀 알려 주시겠어요? 번호는 여기 뜨거든요.

- 나중에…… 나중에 다시 전화…….

- 아! 그러세요. 아무튼 선생님께서는 사고를 당하지 않으셔서 다행입니다.

- 나야.

- 네?

- 물에서 못 나온…… 둘 중 한 명…… 나야.

- 당신, 오민석이지?

- 조희정. 네가 받을 거라…… 생각했지.

- 지금 나 협박하는 거야? 어디 있어? 실종됐다는 것도 다 거짓말이지?

- 물속 그걸 건드리면 안 됐어.

- 제대로 일도 못 한 주제에…….

- 그걸 건드리려 하니까 수귀가 노한 거야.

- 허튼소리 그만하고 그냥 계좌나 불러! 입금해 줄 테니까!

- 여기로 와…… 현천강으로…… 그래야 해결돼. 안 그러면…….

- 안 그러면 뭐?

- 수귀가 널 찾아갈 거야.


통화는 거기서 끝났다. 상대방이 먼저 끊은 듯 뚜뚜뚜 소리만 났다. 파일도 재생을 멈췄다. 분명 제작진과 함께 들었던 내용과는 달랐다. 조희정은 뒷부분 대화를 편집한 채 모두에게 공개한 것이다. 왜 그랬는지 이제는 그 이유를 알 것 같았다. 조희정으로서는 자기가 현천강 사고와 얽혀 있다는 걸 숨겨야 했다. 그러면서도 자연스레 제작진의 호기심을 자극하려면 의미심장한 대화만 남기고 나머지는 자르는 게 맞았다. 그런데…….

왜 군이 이 아이템을 밀었던 걸까? 현천강에 안 가는 편이 훨씬 안전할 텐데.

그게 가장 큰 의문이었다. 민시현은 아무리 생각해도 그 이유를 짐작할 수 없었다. 제작진이 현천강에서 녹화하는 바람에 결국 사달이 났다. 어쩔 수 없었다고 하기에는, 조희정이 애초에 제보 사실 자체를 공개하지 않으면 될 일이었다. 오민석이 오라고 했다지만 무시하거나 따로 해결하는 방법도 있었다.

"하아."

머리가 지끈거려 관자놀이를 눌렀다. 퍼즐 조각을 맞추기는커녕 지금껏 모은 것도 제 그림이 맞는지 일일이 살펴봐야 할 지경이었다.

민시현은 이어폰을 빼고 사진을 훑어보기 시작했다. 대부분 프로그램 관련해서 취재차 찍은 사진 같았다. 특별한 건 없어 보였다. 스크롤을 내렸다. 얼핏 풍경 사진 하나가 지나갔다. 그걸 클릭하니 낯익은 광경이 펼쳐졌다. 현천강이었다. 사진으로 보니 검은색 물빛이 더 선명했다. 다음 사진으로 넘어갔다. 이번에는 현천마을이었다. 그 뒤 몇 장도 마찬가지로 현천마을 풍경이 나왔다. 이것으로 분명해졌다. 조희정은 프로그램 기획 전부터 이미 현천강, 그리고 현천마을을 알고 있었다. 민시현은 마지막이라는 생각으로 엔터 키를 눌렀다. 사진이 떴다. 그걸 본 순간, 민시현의 눈이 커졌다. 사진에는 두 사람이 나란히 얼굴을 맞대고 서 있었다. 한 명은 조희정이고, 한 명은…… 조칠복이었다.

창고는 어두웠다. 창문 하나 없었다. 문틈으로 들어오는 햇빛의 양이 줄어든 걸로 봐서 해가 지고 있구나 짐작할 뿐이었다. 핸드폰은 물론 요령도 뺏겼다. 옥도령 역시 액션캠을 비롯해 가진 걸 모두 뺏긴 상태였다. 게다가 손은 뒤로 묶여 있었다.

"미안하다. 나 때문에."

윤동욱이 말하자 옥도령이 피식 웃었다.

"그러니까, 형님. 여기서 무사히 나가면 나한테 크게 한 턱 쏘셔."

두 사람은 창고 안 시멘트벽에 기대서 나란히 앉아 있었다. 갇힌 지 얼마 되지 않아 아직은 견딜 만했다. 다만 앞으로가 걱정이었다. 윤동욱은 조칠복의 의중을 알 수 없어 불안했다. 보통 사람은 속내가 훤히 들여다보인다. 조칠복은 그 속이 워낙 어두워 무슨 생각하는지 읽어 낼 수가 없었다. 아무리 용한 무꾸리라도 마찬가지일 것이다.

"형님도 나랑 같은 생각해요?"

옥도령이 물었다.

"무슨 생각? 조칠복?"

"역시 통했네. 그 노인네, 보통 인간이 아니야. 피비린내를 풀풀 풍기는 게 사람 여럿 보냈겠더라고."

"맞아. 흉악한 인간이지."

"여차하면 우리도 그냥 안 두겠던데…… 좋은 방도 없을 까?"

두 사람이 끌려온 곳은 조칠복의 집이었다. 창고는 집 뒤편에 있었고, 아무리 소리쳐 봐야 길가까지 들리지도 않을 것 같았다. 설령 들린다 한들 누가 와서 구해 줄 리도 만무했다.

"일단 묶인 것부터 풀어야 뭐든 할 텐데."

윤동욱은 양손을 움직여 봤다. 조금의 틈도 생기지 않았다. 거친 노끈에 쓸려 손목이 따가울 뿐이었다.

"영화에서 보면 이런 거 서로 잘도 풀어 주던데, 이건 뭐 안 될 것 같은데요?"

옥도령이 말했다. 비슷하게 손을 움직여 본 모양이었다. 두 사람은 다시 침묵에 빠졌다. 이런 상황에서는 신기도, 신력도 다 소용없었다. 무당 자기 팔자 모른다고, 이런 일에 엮일 거라곤 짐작조차 못 했다. 그렇게 생각하니 윤동욱 역시 웃음이

나왔다. 허탈한 웃음이었다.

그때였다. 문 쪽에서 작은 소리가 들렸다. 달그락거리는 소리였다. 두 사람 고개가 저절로 돌아갔다. 잠시 후 철문이 살며시 열렸다.

"여차하면 튀어 나가자."

윤동욱이 속삭였다. 옥도령은 고개를 끄덕했다. 둘 다 엉거주춤 일어나 문을 주시했다. 조칠복이 낫을 들고 들어오리라고 예상했지만 모습을 드러낸 건 다른 인물이었다.

"연수 씨?"

어두웠지만 창고로 들어온 사람이 연수라는 건 충분히 알아볼 수 있었다. 윤동욱은 혹시 몰라 연수 뒤쪽을 살폈다. 다른 이는 없는 듯했다.

"빨리 나가자."

연수가 칭얼거리듯 말했다.

"여길 어떻게 왔어요?"

윤동욱이 물었다.

"형님! 지금 그게 중요해요? 일단 나가서!"

옥도령은 문 앞으로 가더니 고개를 빼고 주위를 둘러봤다. 그러고는 다시 윤동욱에게 말했다.

"아무도 없어. 빨리요!"

"알았어."

윤동욱도 문으로 향했다. 연수가 따라오며 조잘거렸다.

"나 열쇠 어디 있는지 안다. 나쁜 할배한테 잡혀가면 큰일 난다. 빨리 나가야 한다. 나는 다 안다."

밖으로 나가 보니 막 해가 넘어가고 있었다. 그림자가 길어 졌다. 먹구름은 더욱 짙어진 채로 마을 하늘을 뒤덮고 있었다.

"여기로 갑시다."

옥도령은 왔던 길 그대로 마당을 향해 걸음을 옮기려 했다. 그러자 연수가 화들짝 놀라며 앞을 막아섰다.

"마당에 큰 개 있어! 그 개새끼 미친놈처럼 짖어."

윤동욱도 아차 싶었다. 그러면서 동시에 의문을 품었다. 연 수는 어떻게 개한테 안 들키고 여기까지 온 거지?

그 의문은 곧 풀렸다. 연수가 다시 윤동욱에게 쪼르르 다가 와 팔을 잡아끈 것이다. 창고 옆으로.

"이쪽에 길이 있어요?"

윤동욱의 물음에 연수는 고개를 끄덕였다. 옥도령이 황급 히 따라왔다. 연수는 검은색 원피스를 펄럭이며 나풀나풀 걷 더니 이내 휙 돌아섰다. 그러면서 담벼락 아래를 가리켰다.

"여기, 구멍 있다."

연수 말대로 개구멍이 뚫려 있었다. 납작 엎드려 긴다면 건

장한 성인 남자도 통과할 만한 크기였다.

"간만에 포복 한번 제대로 하겠네."

옥도령이 말했다. 연수는 벌써 개구멍 안으로 들어가는 중이었다. 윤동욱이 옥도령에게 먼저 가라고 눈짓을 보냈다.

"빨리 따라와."

어느새 개구멍을 통과했는지 높이 솟은 담벼락 너머에서 연수 목소리가 들렸다. 윤동욱은 옥도령의 뒤를 이어 그야말로 꿈틀거리며 개구멍 안으로 들어갔다. 담벼락 밖으로 나가자 간신히 일어나는 옥도령이 보였다. 윤동욱 역시 몸을 옆으로 굴려 상체부터 일으킨 뒤 천천히 일어섰다. 저절로 한숨이나왔다. 습기 가득한 묵직하고 더운 바람이 불었다. 그다지 상쾌한 바람은 아니었지만, 그래도 창고에서 탈출했다는 게 실감 났다.

"연수라는 애 안 보이는데?"

옥도령이 주위를 둘러보며 말했다.

"어?"

그사이 연수는 사라지고 없었다. 사방이 어둑어둑해서 더 찾기 힘들었다.

"됐고, 어디로든 움직여요. 이 우라질 마을에서 나가야 한다고!"

옥도령의 말에 윤동욱은 고개를 저었다.

"그게 어려운 일이야. 조칠복이 우리 물건 다 가져갔잖아. 지금은 운전도 못 한다고. 일단 다른 데 숨어 있어야 해."

"아니, 이 좁아터진 마을에서 어디에 숨어요, 숨긴?"

"딱 한 군데 있잖아. 마을 사람 누구도 얼씬 못 할 곳."

윤동욱이 말했다. 뒤늦게 알아차린 옥도령은 얼굴을 찡그렸다.

"밤에 거길 간다고? 미치겠네, 미치겠어."

"어쩔 수 없잖아."

두 사람은 잰걸음으로 움직이기 시작했다. 해가 완전히 저 캄캄해졌다. 불 켠 집이 한 채도 없었다. 마을 전체가 묘지처럼 조용했다. 도망치기에는 딱 좋은 환경이었다.


전화도 하고 메시지도 보냈지만 윤동욱과 연락이 닿지 않았다. 심지어 몇 시간 전에 보냈던 메시지도 아직 읽지 않은 상태였다. 무슨 일이라도 생긴 게 아닌가 싶어 슬슬 걱정됐다. 하지만 민시현은 할 수 있는 게 없었다. 아니, 정확히 말하자면 그럴 상황이 아니었다. 현천강에 제작진을 태운 스타렉스가 속속 도착하면서 말 그대로 눈코 뜰 새 없이 바빠졌다. 시설팀은 방송 장비를 설치하느라 바빴고 작가와 피디는 회의를 쉴 새 없이 이어 갔다.

"스탠바이 전까지 전원 차에서 대기하래."

"미쳤다, 진짜. 이거 실패하면 완전 나락 가는 거 아냐?"

민시현은 피디 둘이 지나가며 하는 이야기를 들었다. 아무래도 잠깐 시간이 비었을 때를 노려 마을에 가 봐야 할 것 같았다. 조희정과 조칠복이 아는 사이라는 걸 확인한 순간부터 민시현의 머릿속에는 한 가지 가능성이 떠나지 않았다.

둘은 부녀지간이 아닐까?

그러고 보면 닮은 듯도 했다. 물론 화사하고 단아한 얼굴의 조희정과 세월의 흔적이 고스란히 드러난 조칠복의 얼굴은 분위기부터 완전히 달랐다. 그럼에도 눈매나 코의 생김새 같은 것들이 비슷했다. 만약 두 사람의 관계가 부녀지간이라면 이야기는 또 다른 가지를 뻗어나가게 된다. 한편으로는 조희정이 왜 적극적으로 조칠복을 도왔는지 설명이 가능해진다. 그래도 밝혀내야 할 건 아직 너무나 많았다.

"오늘 제일 중요한 건 지노귀굿이야. 다들 알지?"

박재민 피디의 말에 민시현은 퍼뜩 정신을 차렸다.

"피디님이 말씀하신 그 무당은 섭외에 성공했어요. 육신녀라고, 찾아보니 꽤 유명하더라고요. 지금 오고 있어요."

하희주가 말했다.

"김상수 교수 그 양반은 어떻게 됐어?"

박재민 피디가 물었다.

"아! 그분도 지금 오고 있습니다."

민시현이 재빨리 대답했다.

"그런데 육신녀 말로는 반나절 만에 그 큰 굿을 준비하는 게 어렵다고 골치 아파하더라고요."

하희주의 말에 박재민 피디는 비릿하게 웃었다.

"돈 더 달라는 거야. 원하는 대로 줘. 중요한 건 시청률이니까."

"네."

"자, 잘 들어. 11시 45분 시작이야. 이제 여섯 시간도 안 남았어! 오늘 생방 실패하면 우리 다 좆된다는 각오로 준비해. 알았지?"

박재민 피디는 모인 제작진 모두를 보며 물었다.

"네!"

다들 힘차게 대답했다. 여기까지 온 이상 제대로 한번 해보자는 분위기였다. 홀로 붕 떠 있는 사람은 자기뿐일 거라고, 민시현은 생각했다.

길고 길었던 회의도 끝났다. 모두 자기가 타고 왔던 차량에 들어가 잠시 쉬기로 했다. 민시현은 맨 뒷자리에 앉아 눈만 감고 있었다. 어제도 밤잠을 설쳤지만 피곤하기만 할 뿐 잠은 전혀 오지 않았다. 오히려 갈수록 정신이 말똥말똥해졌다. 온갖 생각이 머릿속을 가득 채워 졸음이 몰려올 여지를 주지 않았다.

시작은 살인이었어.

민시현은 속으로 중얼거렸다.

다음이 현천강에 시체를 유기하는 거였고.

거기까지는 얼추 퍼즐이 맞는 듯했다. 하지만…….

물에 빠뜨린 시체를 왜 다시 건지려 했을까?

그게 가장 큰 의문이었다. 전직 잠수부까지 썼다. 조희정은 위험을 무릅쓰고 그들을 직접 섭외했다. 결과는 참혹한 사고로 돌아왔다. 여기서 또 하나의 의문이 생긴다.

희정 언니, 아니 조희정은 왜 제보 전화가 왔다는 걸 알렸지?

어둠 속에서 코 고는 소리가 작게 들렸다. 민시현은 슬쩍 눈을 뜨고 차 안 상황을 살폈다. 모두 불편한 자세에서도 깊은 잠에 빠져 있었다. 그만큼 정신적으로도 육체적으로 힘들었던 것이리라. 코를 고는 건 하회주였다. 살며시 뒷좌석에서 몸을 일으킨 민시현은 최대한 소리를 죽인 채 좌석 사이를 지나 문으로 향했다. 그러고는 조마조마한 마음으로 차 문을 열었다. 다행히 큰 소리가 나지는 않았다.

밖으로 나온 민시현은 몸부터 쭉 폈다. 그런 뒤 현천강을 돌아봤다. 어디가 강물이고 어디가 밤하늘인지 구분하기 어려웠다. 강둑을 걷다가 발을 헛디디기라도 하면 어둡디어두운 물에 휩쓸려 그대로 떠내려갈 것 같았다. 그러고 보니 강변에 핀 억새가 바람에 나부끼는 모습이 손짓하는 것과 비슷했다.

**같이 가자……**.

민시현은 오싹함을 느끼고 얼른 돌아섰다. 그러고는 마을을 향해 걸음을 재촉했다.

현천마을은 어둠과 정적에 휩싸여 있었다. 거기에 먹구름 사이로 옅게 비치는 유독 붉은 달빛 탓에 괴괴한 분위기까지 풍겼다. 민시현은 혹시 몰라 핸드폰 조명도 켜지 않은 채 조심스레 움직였다. 입구 쪽 공터까지 왔을 때 민시현의 눈에 자동차 두 대가 들어왔다. 한 대는 스포츠카였고, 나머지 한 대는 분명 윤동욱의 차였다. 차를 향해 다가갔다. 차가 여기 있다는 건 윤동욱 역시 아직 현천마을에 머무는 중이라는 뜻이었다.

그런데 왜 연락이 안 되는 걸까?

민시현이 고민하다가 다시 발걸음을 옮기려 할 때였다. 저만치서 불빛 여러 개가 보였다. 손전등 불빛이라는 걸 알아챈 순간, 그리고 점점 가까워진다는 걸 깨달은 바로 그 순간에 민시현의 본능이 위험 신호를 보내왔다. 그는 빠르게 주위를 둘러보다가 윤동욱의 차 밑으로 들어갔다. 방금까지 민시현이 서 있던 곳을 손전등 불빛이 핥고 지나갔다. 동시에 거친 목소리가 들렸다.

"차는 그대론데!"

"내가 말했잖아! 둘 다 마을을 못 빠져나갔을 거라고!"

두 번째 목소리는 조칠복이었다. 잔뜩 화난, 성마른 목소리. 그걸 듣는 것만으로도 조칠복이 얼마나 화났는지 짐작이 가능할 정도였다.

"그러면 어디로 사라져 버렸을까요?"

다른 노인이 물었다. 조칠복의 목소리가 커졌다.

"마을을 샅샅이 뒤져! 두 놈 중 하나라도 발견하면……."

조칠복은 잠시 뜸을 들인 뒤 말을 이었다.

"…… 그대로 죽여!"

헉!

민시현은 자기 입을 막았다. 심장이 마구 뛰기 시작했다. 보통 일이 아니었다. 윤동욱과 그 동료라는 사람이 쫓기고 있다. 조칠복은 둘을 죽일 기세다.

"알았어요."

노인 여럿이 동시에 대답했다.

"자, 지금부터 같이 움직인다. 알겠어?"

조칠복이 소리쳤다. 그 이후 발소리가 멀어졌다. 여러 개의 발소리는 마을 안으로 향했다. 민시현은 그 소리가 완전히 사라질 때까지 기다렸다가 차 밑에서 기어 나왔다. 핸드폰을 꺼내 들었다. 손이 덜덜 떨렸다. 신고해야 한다는 생각뿐이었다. 그때였다.

"너도 있었네?"

뒤에서 갑자기 들려온 소리에 민시현은 움찔했다. 천천히 고개를 돌렸다. 조칠복이 눈을 가늘게 뜬 채 노려보고 있었다. 번득이는 안광이 민시현의 온몸을 훑었다. 손에 든 낫보다 그 눈빛이 더 형형하게 빛났다.

"아…… 저기…… 그러니까……."

무슨 변명이라도 해야 하는데 말이 튀어나오지 않았다. 조칠복은 낫을 빙글빙글 돌리며 다가왔다. 저희가 다시 촬영하려고 왔어요. 강둑에 제작진이 모여 있거든요. 저는 사전 답사하려고 들렀어요. 그런 말이 머릿속을 맴돌았지만 본능이 먼저 외쳤다.

도망가!

민시현은 달리기 시작했다. 일단 조칠복을 피해서, 마을 안으로.

윤동욱과 옥도령은 이제는 흉가가 돼 버린 당집에 도착해서야 한숨 골랐다. 손이 묶인 채 움직인다는 건 생각보다 힘든 일이었다.

"휴. 여기서 쉴 줄은 생각도 못 했네."

옥도령이 주위를 둘러보며 새삼 얼굴을 찡그렸다.

"아까 저 방에서 신칼을 봤어. 그걸로 묶인 걸 잘라 보자."

윤동욱이 말하며 제단이 차려진 방으로 걸어갔다.

"몇 번 오니까 이제 아주 친숙한가 봐요, 형님."

친숙까지는 아니어도 처음 봤을 때처럼 흉하게만 보이진 않았다. 여전히 악취가 풍기고 스산한 기운이 뼛속까지 파고들지만 같은 무꾸리, 그것도 불쌍하게 죽은 무꾸리가 거하던 곳이란 걸 아니 덜 불편한 건 사실이었다.

"여기 있어. 네가 먼저 내 걸 잘라 봐."

윤동욱은 신칼을 턱짓으로 가리키며 말했다. 어둠 속에서도 신칼만은 유독 빛났다. 게다가 녹슨 데도 없어 보였다.

"알았어. 움직이지 마셔. 다치니까."

옥도령이 등 뒤로 묶인 자세 그대로 손에 신칼을 쥐었다. 윤동욱은 고개를 한껏 돌리고 신칼에 자기 매듭을 가져다 댔다. 짙은 어둠이 드리웠지만 그나마 깨진 창문으로 희미하게 비쳐 드는 달빛 덕분에 사물이 보이기는 했다.

"조심해서 해!"

저절로 그런 소리가 나왔다.

"걱정하지 마서. 이게 무뎌서 손모가지 잘릴 일은 없을 테니까."

옥도령은 무딘 칼로도 매듭을 열심히 잘라 나갔다. 시간이 꽤 걸렸다. 한참 후 윤동욱의 손을 묶고 있던 매듭이 잘렸다. 이후에는 훨씬 더 수월했다. 윤동욱은 신칼을 제대로 쥐고 몇 번 만에 옥도령의 매듭을 끊었다. 양손의 자유를 되찾은 둘은 뻐근한 어깨부터 풀었다.

"괜찮아?"

윤동욱이 물었다. 옥도령은 이쯤이야 하는 표정으로 너스레를 떨었다.

"형님. 전 솔직히 당황도 안 했어요, 안 했어. 그런데 다음 계획은 있어? 언제까지 여기 머물 순 없잖아요. 흉한 게 묻어도 너무 묻어!"

"무기로 쓸 만한 걸 찾아 보자. 뭐라도 좋으니까 그걸 들고 여기서 나가야지."

"굿 아이디어! 무기만 있으면야 저 영감들쯤 무섭지도 않지!"

두 사람은 각자 무기를 찾기 시작했다. 옥도령은 거실로 나갔고, 윤동욱은 방을 뒤졌다. 신칼을 사용할 수도 있었지만 무구로 사람을 위협한다는 게 마음에 걸렸다. 결국 길고 단단한 촛대를 챙겨 들었다. 사용하기에 따라 얼마든지 무기가 될 것 같았다. 방에서 나가려던 윤동욱의 발에 뭔가가 걸렸다. 내려다봤지만 딱히 보이는 건 없었다. 발끝으로 바닥을 툭툭 쳤다. 장판 안쪽에 부피가 그리 크지 않은 뭔가가 들어 있는 것 같았다. 윤동욱은 옥도령을 불렀다.

"잠깐 와 봐!"

"왜요?"

방으로 들어온 옥도령은 어디서 찾았는지 굵은 나무 봉을 들고 있었다.

"이 안에 뭐가 있어. 장판 한번 들어 보자."

윤동욱이 말하자 옥도령은 대번에 얼굴을 찡그렸다.

"에이. 벌레 득실댈 것 같은데⋯⋯. 알잖아요. 내가 영가보다 무서워하는 게 벌레라는 거."

"벌레는 내가 잡아 줄 테니까 어서 좀 도와줘."

두 사람은 방 모서리로 이동해 각자 장판 끝을 잡고 동시에 들어 올렸다. 곰팡내가 훅 올라왔다. 옥도령 말처럼 정체 모를 벌레가 우수수 기어 나왔다.

"으으!"

옥도령이 진저리 치며 몇 걸음이나 뒤로 물러섰다. 그사이 윤동욱은 바닥에 깔린 얇은 공책을 발견했다. 그걸 집어 든 순간, 싸한 기운이 온몸을 휘감았다. 윤동욱은 자기도 모르게 몸을 부르르 떨었다. 원념이 느껴졌다. 분노를 꾹꾹 눌러 담아 공책에 뭔가를 써 놓은 게 틀림없었다. 그러고는 아무에게도 들키지 않게 장판 밑에 숨겼을 테고.

"여기에 단서가 있을지 몰라."

윤동욱은 공책을 들고 창가로 갔다. 먹구름이 짙어지면서 달빛은 힘을 잃어 갔지만 공책에 적힌 글자를 알아볼 수는 있었다. 단아하고 정갈한 필체였다.

"뭐가 적혀 있어요?"

그렇게 물으며 옥도령이 다가왔다. 두 사람은 공책에 적힌 글을 읽어 내려갔다. 날짜가 적혀 있진 않지만 일기 형식이었다.


**상것들이 마을에 들어온 지 3년이 지났다. 처음에는 조칠복과 그 친구라 하는 자 두 명이었지만 3년 사이 그 수가 십여 명으로 늘어났다. 흡사 바퀴벌레가 알을 까는 형국이다.**


**조칠복은 천성이 악하고 흉한 자로 자기에게 득이 되는 일이**

라면 무슨 짓이든 서슴지 않는다. 마을 사람 여럿에게 경고했지만 소용없었다. 이곳은 이제 조칠복의 손에 넘어갔다. 애초에 그를 들이지 말았어야 했다.

피비린내가 풍긴다. 마을 전체에 진동한다. 조칠복과 그 일당이 풍기는 냄새다.

그 일당 중 한 명이 이제는 이장 자리까지 꿰찼다. 내가 항의했으나 통하지 않았다. 토박이들은 꼼짝없이 당하고만 있다. 누군가 나서야 한다.

조칠복의 악행이 도를 넘었다. 김 씨를 때려죽인 것도 모자라 아예 그 집을 차지하고 앉았다. 누구든 경찰에 신고하면 복수하겠다며 으름장을 놓은 탓에 다들 겁만 먹고 있다. 내가 결판을 낼 것이다.

놈들이 나를 가뒀다. 집에서 한 걸음도 못 나가게 했다. 핸드폰도 뺏고 돌아가며 감시한다. 신령님이 노하셨다. 내 이들을 반드시 벌하리라.

오늘이다. 감시가 뜸한 대낮에 빠져나가 볼 생각이다. 혹시 몰라 이것은 장판 아래 숨겨 둘 계획이다. 만약 누군가 이 글을 읽는다면 이 사실을 명심하라. 조칠복은 젊어서부터 지금껏 스무 명을 죽여 온 살인자이자 악귀다. 그것이 내게 자랑하듯 말했다. 그러니 부디 조칠복을 조심하라. 그는 피 맛을 안다. 그리고 그 맛에 중독됐다.

민시현은 길가 농수로에 숨어 몸을 웅크렸다. 조칠복은 보이지 않았다. 그렇다고 방심할 수는 없었다. 무작정 계속 도망치는 것도 현명한 선택이 아니었다. 최대한 숨어 있다가 신고해야 한다. 그런 판단으로 여기에 숨었다. 이제 막 저녁 7시가 지났을 텐데도 지독하게 어두웠다. 빈틈 하나 없는 어둠의 장막이 마을 전체를 뒤덮고 있는 것 같았다. 먹구름이 더 짙어져 별은커녕 이제는 달도 보이지 않았다. 논에서 개구리가 시끄럽게 울어댔다. 귀가 먹먹할 정도였다. 어둠은 숨는 데 도움이 됐다. 민시현에게나 조칠복에게나 공평하게. 물론 더 유리한 쪽은 조칠복이라고, 민시현은 생각했다. 그는 이곳 지리를 훤히 꿰고 있을 테니까. 어디서 갑자기 낫이 날아들지 모른다.

얼마간 시간이 흘렀다. 한 치 앞도 제대로 보이지 않는 어둠 속에 있자니 방향은 물론이고 시간 감각까지 사라지는 듯했다. 어느 정도 숨어 있었는지 도무지 감이 오지 않았다. 핸드폰을 꺼내 확인하고 싶은 충동이 일었으나 억지로 참았다. 이 어둠 속에서 핸드폰을 확인한다는 건 여기 숨었다고 고래고래 소리치는 것과 다름없는 행동이었다.

또 시간이 지났다. 다리가 저렸다. 더 참기 힘든 건 한기였다. 춥다기보다는 서늘하고 축축한 기운에 몸이 으슬으슬 떨렸다.

이제는 움직여 봐도 괜찮지 않을까?

민시현은 고개만 조금 들어 길을 살폈다. 어둠에 눈이 적응해서 그런지 형체 정도는 알아볼 수 있었다. 나무 몇 그루가 가지를 축 늘어뜨린 채 서 있을 뿐 움직이는 건 보이지 않았다. 어쩌면 농수로를 계속 따라서 마을 입구 쪽으로 가는 게 가능할지도 모른다. 입구에서 제작진이 있는 강둑까지는 금방이다. 민시현은 움직이기로 결심했다.

그때였다.

문득 위화감을 느꼈다. 뭔가가 이상한데 그게 무엇인지 알아채기 힘들었다. 달라진 건 없었다. 여전히 어두웠고 습한 바람이 불었으며…… 조용했다. 너무나 조용했다.

개구리!

개구리 소리가 전혀 들리지 않았다. 그 사실을 깨달은 순간, 민시현은 재빨리 고개를 숙였다. 귀를 기울이니 살금살금 걷는 발소리가 들렸다. 그 소리는 점점 다가와 바로 앞에서 멈췄다. 심장이 미친 듯이 뛰었다. 쿵! 쿵! 심장 뛰는 소리가 밤 하늘에 울릴까 봐 걱정될 정도였다.

"여기 어디쯤일 텐데……."

머리 바로 위에서 조칠복의 목소리가 들렸다. 민시현은 움찔했다. 조칠복은 손전등을 켜지도 않은 채 이곳까지 쫓아온 것 같았다. 고개는 여전히 숙인 상태에서 눈만 치켜뜨며 위쪽을 올려다봤다. 조칠복이 길가에 서서 주위를 둘러보고 있었다. 사람이 맞나 싶을 정도로 안구가 번득였다. 마치 밤 사냥을 즐기는 맹수 같았다. 역한 땀 냄새가 진하게 풍겨왔다. 조칠복이 내려다보기만 한다면 들킬 판이었다.

제발…… 제발…….

눈을 꼭 감은 채 빌고 또 빌었다. 발소리가 멀어지기만을.

"골치 아프게 됐어."

조칠복이 중얼거렸다. 태연한 말투였다. 그러고는 부스럭거리는 소리가 들렸다. 민시현은 온 신경을 귀에 집중했다. 조칠복이 또 혼잣말을 했다.

"그러고 보니 부재중 전화가 와 있던데."

아마 핸드폰을 확인하는 거라고, 민시현은 짐작했다. 그 순간이었다.

지이잉.

민시현의 바지 주머니에서 핸드폰이 진동했다. 그 소리가 어둠과 정적을 뚫고 크게 울려 퍼졌다. 당황한 민시현은 얼른 핸드폰을 꺼내 전화를 끊으려고 했다. 그 찰나, 액정에 뜬 발신자 이름이 보였다.

윤동욱.

그때였다.

"찾았다."

조칠복이 핸드폰을 들고 민시현을 내려다보고 있었다. 벙긋 웃으며. 그의 입안은 어둠보다 더 컴컴했다. 그가 농수로로 내려왔다. 천천히, 여흥을 즐기듯. 민시현은 주저앉은 채로 꼼짝도 못 했다. 그저 조칠복의 움직임에 따라 눈동자를 굴릴 뿐이었다.

"왜 들쑤시고 다녀?"

그다지 거친 말투도 아니었지만 조칠복의 목소리를 듣는 순간 온몸에 소름이 돋았다. 민시현은 마른침을 삼켰다. 죽는다. 그런 예감이 강하게 들었다. 저 인간은 아무렇지 않게 낫을 휘두를 것이다!

"내가 요즘 기분이 좀 안 좋거든. 내 딸년이 말이여, 죽었대.

그러니 기분 좋을 리 없지. 안 그래?"

조칠복은 점점 다가왔다. 민시현은 안간힘을 써 앉은 채로 조금씩 물러났다. 다리에 힘이 들어가지 않았다. 턱이 덜덜 떨렸다. 두려움이 온몸을 지배했다. 도망쳐야 한다는 걸 알면서도, 차라리 이대로 편하게 죽는 편이 덜 고통스럽지 않을까 하는 어처구니없는 생각을 했다. 저절로 신음이 새어 나왔다.

"으으."

"그런데 너희까지 날 괴롭히니…… 화가 나. 알겠어?"

알겠어? 그 물음과 함께 조칠복이 달려들었다. 그는 귀신 같은 얼굴로 낫을 휘둘렀다. 민시현은 반사적으로 손을 들어서 막으려 했다.

픽!

낫은 민시현이 들고 있던 핸드폰에 박혔다. 바로 그때 민시현의 시야에 누군가가 들어왔다. 조칠복의 뒤로 다가온 그 누군가가 삽을 치켜들었다. 거기까지였다. 민시현은 더 버티지 못했다. 정신을 잃었다. 순식간에 의식이 멀어졌다.

## TAKE 9. 난장

공책을 덮은 두 사람은 한동안 말이 없었다. 어떤 일이 벌어졌는지 짐작이 가는 반면, 세부적인 사항이 빠져 있어 그게 궁금하기도 했다.

"그러니까, 조칠복 일당이 쳐들어오다시피 해서 이 마을을 장악했다는 거 맞죠? 그리고 온갖 횡포를 저질렀을 거고."

"그랬겠지. 선녀라는 여기 무당은 그걸 막으려 했던 거고."

윤동욱은 옥도령의 말에 동의했다.

"이것만 가지고 증거가 될까요? 아니 뭐, 우릴 가둔 일도 그렇고 일단 경찰에 신고할 순 있겠네, 있겠어."

옥도령이 중얼거렸다.

"일단 무기 들고 여기서 나가지."

윤동욱이 말했다.

"그럽시다. 덕분에 잘 쉬다 갑니다."

옥도령은 제단을 향해 넙죽 허리를 숙였다. 윤동욱도 같은
마음이었다. 이 당집의 내력을 안 이상 더는 흉측하게 느껴지
지 않았다. 오히려 허공을 떠도는 짙은 외로움과 괴로움이 피
부에 와닿았다. 문제는, 그럼에도 수귀가 사람을 해치는 건 말
려야 한다는 데 있었다. 그건 무꾸리의 의무였다. 사람에게 빙
의한 수귀는 분명 조칠복과 그 일당을 해치려 할 것이다. 그렇
다는 건 이 마을에서 기다리면 자연스레 수귀와 만나게 된다
는 의미였다. 물론 안전하게 기다린다는 전제하에서.

"가장 좋은 건 조칠복 그 노인을 제압하는 거야."

"맞아요. 그래야 우리 물건도 다 찾지."

두 사람은 그런 이야기를 주고받으며 거실을 지나 마당에
내려섰다. 그때 성난 목소리가 날아들었다.

"저기 있네!"

"망할 놈들. 여기 숨어?"

노인들이 집 바깥에 서서 둘을 노려보는 중이었다. 아까처

럼 각자 흉기를 들고 있긴 했지만 기세는 한풀 꺾여 보였다.
윤동욱은 그게 이 집 때문일 거라고 짐작했다. 저들은 본능적
으로 이 집을 두려워하고 있었다. 아마 대문을 지나 마당으로
들어올 엄두도 못 낼 것이다.

"수가 제법 많긴 한데……."

옥도령의 말대로 흉기를 든 노인은 모두 여섯이었다. 더 큰
문제는 그중 한 명이 엽총을 겨누고 있다는 사실이었다.

"빨리 나와! 안 그러면 벌집을 만들어 줄 거니까."

엽총 든 노인이 소리쳤다. 벌집을 만들어 준다니, 영화깨나
본 모양이라고 윤동욱은 생각했다. 그런 한편 어떻게 빠져나
가야 할지 고민했다. 총은 예상 못 한 변수였다. 그때 옆에 서
있던 옥도령이 성큼 앞으로 나섰다. 그러면서 외쳤다.

"어허! 내가 모시는 신령님이 누군지 알고 너희가 이러는
것이냐?"

그러자 노인들이 당황한 듯 주춤거렸다. 윤동욱은 옥도령
의 의도를 알 것 같았다.

"여기서 피 냄새라도 풍겼다간 모두 살아남지 못할 거다!"

윤동욱도 목소리를 높였다. 그런 뒤 휘파람을 불었다.

"휘이이. 휘이이."

"뭐, 뭐 하는 거여?"

노인 중 한 명이 떨리는 목소리로 외쳤다.

"여기 있는 온갖 잡귀를 불러 너희 고약한 놈들을 해하려는 것이다!"

옥도령이 소리쳤다. 그건 무꾸리에게 금지된 행위였지만, 어쨌든 저 노인들을 겁먹게 하는 데는 효과가 있어 보였다. 윤동욱은 계속 휘파람을 불면서 밖으로 나갔다. 옥도령이 뒤따라오며 다시 외쳤다.

"자, 누가 먼저 살을 맞을 테냐?"

그 말이 떨어지기 무섭게 마치 짜기라도 한 듯 저 멀리서 북이며 꽹과리 소리가 들리기 시작했다.

"히익!"

노인들은 놀라서 천천히 물러서다가 이내 줄행랑을 놓았다. 그제야 윤동욱은 휘파람 부는 걸 멈췄고, 옥도령은 안도의 한숨을 쉬었다.

"와! 형님. 나 총 맞는 줄 알고 완전 무서웠거든. 근데 저건 무슨 소리요?"

두 사람은 가만히 서서 악기 소리에 귀를 기울였다. 그러다가 동시에 외쳤다.

"굿이다!"

"근처에서 굿판이 벌어진 것 같은데?"

윤동욱의 말에 옥도령이 되물었다.

"이 밤에?"

"무슨 일인지 모르겠지만 어째 감이 안 좋아. 가 보자!"

두 사람은 소리가 들리는 곳을 향해서 달렸다. 집들 사이를 지나 길로 접어들자 굳이 찾지 않더라도 굿판이 어디서 벌어진 건지 알 수 있었다. 강둑이었다. 불이라도 난 듯 강둑 쪽이 훤했다. 강렬한 조명이 어둠을 밝히고 있었다.

잠시 후 윤동욱과 옥도령은 현천강에 이르렀다.

"방송 촬영 중인데요?"

옥도령이 말하기 전에 윤동욱은 이미 알아챘다. 강둑에 방송 장비가 즐비하게 늘어서 있었다. 제작진으로 보이는 이들도 정신없이 돌아다녔다. 두 사람이 강둑으로 올라가려 하자 제작진 중 한 명이 막아섰다.

"죄송합니다. 지금 생방송 준비 중이라서요, 접근하시면 안 됩니다."

"생방송이요? 무슨 프로그램인데요?"

옥도령이 물었다. 막아 선 남자는 잠시 망설이는 듯하더니 대답했다.

"비밀과 거짓말이요. 11시 45분부터……."

"저희 출연진입니다."

윤동욱이 말했다.

"네?"

"굿하는 걸 도우려고 왔습니다. 저희도 둘 다 무당이거든요. 박수무당."

"아니, 그런 얘긴 못 들었는데…….'

"작가 중에 민시현 씨라고 있죠? 그분께 연락해 보면 될 겁니다. 그 작가님이 섭외 전화를 주셨거든요. 큰 굿을 해야 하는데 도움이 필요하다고."

윤동욱은 머리에 떠오르는 대로 둘러댔다. 남자는 무전기로 누군가에게 연락하려다가 비켜섰다. 출연진이 아니라면 이 밤에 찾아오진 않으리라 판단한 것 같았다.

"들어가시죠."

남자가 말했다.

"감사합니다. 수고하세요."

옥도령이 웃으며 고개를 숙여 보였다. 그러면서 윤동욱에게 속삭였다.

"이야. 우리 형님. 거짓말 고수네, 고수야."

"저게 무슨 굿처럼 보여?"

윤동욱은 눈앞에 펼쳐진 굿판을 가리키며 물었다. 그야말로 대굿이었다. 공인이라 부르는 악사만 일곱에 경을 읽는 법

사까지 있었다. 악기도 다양했다. 피리부터 젓대, 북, 꽹과리, 징, 그리고 장구까지. 굿상도 화려했다. 각종 떡부터 과일 등이 한 상 가득 차려져 있었다. 소매에 흰 천을 덧댄 남천익(藍天翼)을 입은 늙은 무당이 요령과 신칼을 각각 쥐고 몸을 흔들어 댔다.

"이제 막 시작한 건 알겠고…… 어디 보자, 어? 저 무당은 육신녀님인데?"

옥도령이 당주무당을 알아봤다. 윤동욱도 얼핏 들어 본 이름이었다.

"육신녀? 주로 무슨 굿을 하지?"

"지노귀굿! 서울 경기 쪽에서 지노귀굿 하면 육신녀가 최고라고 해요. 제 유튜브에도 한 번 나온 적이 있어서 잘 알지."

"여기서 지노귀굿 하는 걸 생방송으로 내보낸다고?"

이해할 수 없었다. 지노귀굿은 죽은 자의 영혼을 천도시킬 때 벌이는 굿이다. 천도가 필요한 넋이 없다면 굳이 할 필요가 없다.

설마…….

윤동욱은 민시현을 찾아 주위를 두리번거렸다. 그는 확신했다. 지금 이곳엔 수귀가 빙의한 사람도 와 있다는 것을.

민시현은 눈을 떴다. 산발한 머리를 치렁치렁 기른 여자가 똑바로 내려다보고 있었다. 여자와 눈이 마주쳤다.

"으악!"

비명이 터져 나왔다. 그 순간 여자가 까마귀처럼 울어 댔다.

"캬캬캬캬! 깨어났다. 언니 깨어났다. 캬캬캬캬!"

귀에 익은 목소리, 그리고 눈에 익은 모습이었다. 민시현은 눈앞의 여자를 알아봤다. 놀라기는 했지만 여자에게서 적의를 느낄 순 없었다. 까마귀 울음 같은 것도 웃는 소리라는 걸 알 수 있었다. 민시현은 조심스레 일어나 앉았다. 여자는 뭐가 그리 좋은지 계속 웃으며 방안을 돌아다녔다. 그때 방문이 벌컥 열렸다.

"연수야! 아……."

"아!"

방문을 연 노인의 얼굴 역시 낯익었다. 그날 봤던 바로 그 할아버지와 손녀였다. 그리고 보니 손녀 이름이 연수였다. 연수는 노인 옆으로 달려가 방문 앞에 퍼질러 앉았다.

"괜찮습니까?"

노인이 방으로 들어와 물었다.

"절 구해 주신 게 어르신이죠?"

민시현은 정신을 잃기 전 마지막으로 봤던 장면을 떠올리며 물었다. 노인은 고개를 끄덕였다.

"감사합니다. 어르신 아니었으면 전 죽었을 거예요."

"아직 안전한 게 아닙니다. 조칠복 일당이 눈에 불을 켜고 그쪽을 찾고 있을 겁니다. 다른 두 분도."

"다른 두 분이요? 혹시 서울에서 온 박수무당 말씀하시는 건가요?"

민시현은 놀라서 물었다.

"네. 맞습니다. 마을 입구에 차가 그대로 있는 걸로 봐서 아직 여길 못 벗어난 것 같던데⋯⋯."

"두 사람과 어떻게 만나신 거죠? 간단하게라도 이야기해 주세요."

"그것이⋯⋯."

노인은 윤동욱과 옥도령을 만난 이야기, 그리고 둘이 조칠복 일당에게 잡혔다가 탈출했다는 것까지 알려 줬다. 민시현은 다시 물었다.

"조칠복이라는 그 사람, 도대체 정체가 뭐죠?"

"그 인간이 현천마을에 온 건 5년 정도 전입니다. 처음엔 친구 두 명과 시골 내려와서 터 잡고 살겠다며 귀농인 행세를 했습니다. 좋은 사람인 줄 알았습니다. 마을 사람 모두 잘 대해 줬어요. 그런데 한 명, 두 명 군식구를 데려오기 시작하더니 그때부터 마을을 쥐고 흔들었습니다. 우린 그제야 알았죠. 그치들이 이런 식으로 마을을 통째 뺏는 무리라는 걸. 이젠 여기 이장도 놈들 패거리가 맡고 있습니다. 토박이인 우리는 찍소리도 못하고 조용히 지내고 있습니다. 조칠복 일당 패악질이 너무 무서워서……."

"한 가지만 더 여쭤볼게요. 조칠복이 현천강에서 여자를 죽인 적 있죠? 알고 계세요?"

민시현의 질문에 노인은 흠칫 놀란 표정을 지었다.

"네……. 2년 전 일입니다. 그 천인공노할 놈이 마을 무당을 죽여서 현천강에 빠뜨렸습니다. 시체가 뜨지 못하게 돌까지 묶어서."

"그때부터 우리 마을 저주받았다! 아주 고약한 저주!"

연수가 불쑥 끼어들었다.

"저, 저주라면?"

"마을의 가축이 이유 없이 병들어 죽고, 농사도 계속 흉작이고, 아픈 사람도 넘쳐 나게 됐습니다. 특히 조칠복 패거리 중 피해를 입은 사람이 많아 결국 그 인간도 무슨 수를 써야겠다고 하더군요. 그러면서 한 일이 현천강 아래 있는 그 무당 시체를 건지는 거였습니다. 그렇게 해서 굿이라도 벌이자고."

"아!"

민시현은 탄성을 뱉었다. 퍼즐이 거의 맞춰졌다. 물론 가장 중요한 조각이 남았다. 죽은 무당이 수귀가 된 건 틀림없었다. 그렇다면…… 지금 그 수귀는 누구 몸속에 들어 있는가? 그 의문이 떠오른 순간, 민시현은 한 가지 사실을 깨달았다.

"지금 몇 시죠?"

"11시 반입니다."

노인이 핸드폰을 보며 말했다. 민시현은 벌떡 일어났다. 이제 생방송을 시작할 시간이었다. 계획대로라면 생방송 전 미리 굿을 시작해 수귀를 불러내기에 알맞은 조건을 만든다. 지금이 그때일 것이다.

"바깥은 위험합니다."

노인이 민시현을 말렸다.

"방송국에서 촬영하고 있어요! 현천강에서. 거기까지 가면 일단 안전해요. 가서 제가 신고할게요."

"여기서 강까지는 제법 거리가 있는데…… 그럼 경운기를 타고 가시죠. 제가 몰 테니. 그러는 편이 안전할 겁니다."

거절할 이유가 없었다. 한시가 급했다. 민시현의 예상대로라면 수귀는 생방송 현장에 이미 와 있을 것이다. 최종 목표인 조칠복을 처리하기 위해.

"스탠바이, 큐!"

박재민 피디의 큐 사인이 떨어지자마자 카메라에 일제히 불이 들어왔다. 정확히 밤 11시 45분이었다. 모니터에는 급하게 짜깁기한 영상이 흘러나왔다. 그날 오전부터 오후까지, 그리고 밤에 일어난 참극을 짧은 컷으로 편집한 영상이었다. 그 위에 '최초 시도! 비밀과 거짓말 생방송 진행'이라는 자막이 떴다. 그 자막 밑으로는 '현천강 수귀를 찾아서'라는 다소 유치하면서도 자극적인 제목이 붙어 있었다.

"자, MC 준비하고!"

박재민 피디의 말에 유명 배우이자 비밀과 거짓말의 진행자인 김두현이 현천강을 등지고 카메라 앞에 섰다. 수년 동안 비밀과 거짓말을 진행해 온 그도 생방송 현장에서는 긴장한 모습이었다. 박재민 피디는 무전기에 대고 다시 외쳤다.

"굿 잠시 중단하고, MC 오프닝 멘트 갑니다."

"안녕하십니까? 비밀과 거짓말 시청자 여러분. 김두현입니다. 오늘 우리는 아주 참신하고 모험적인 시도를 통해 여러분께 충격적인 현장을 실시간으로 보여 드리려고 합니다. 제가 지금 나와 있는 곳은 경기도의 잘 알려지지 않은 현천강이라는 곳입니다. 일단 한번 보시죠."

김두현의 말이 끝나자 지미집 카메라가 위에서부터 현천강을 비추며 서서히 내려왔다. 지금까지는 모든 게 순조로웠다.

한편, 윤동욱은 계속 민시현을 찾고 있었다. 제작진이 모여 있는 곳도 훑어봤지만 보이지 않아 이상하다고 생각했다.

"없어요? 안 온 거 아닌가?"

옥도령이 물었다.

"그럴 리가 없는데……."

윤동욱은 고개를 갸웃했다.

"어휴. 핸드폰 없으니 답답해 미치겠네. 이럴 땐 전화 한 통이면 해결될 텐데."

투덜거리는 옥도령을 향해 윤동욱이 말했다.

"우선 이렇게 하지. 지금 상황에서 제작진 도움을 받는 건 불가능해 보여. 신고는 미루고, 수귀부터 찾자고."

"그러니까 형님 말은 수귀가 누군가한테 빙의했고, 그 사람이 여기 있다는 거죠?"

"분명 흉악한 기운을 내뿜을 테니 찾기 쉬울 거야. 굿이 다시 시작되기 전에 찾아야 해!"

"왜? 지노귀굿하고 수귀가 관련이 있나? 내가 보기에 저 굿은 그냥 형식적인 것 같은데."

옥도령은 잠시 멈춘 굿판을 보며 말했다. 육신녀는 가만히 서서 눈을 감은 채 쉬지 않고 무언가를 중얼거렸다.

"지노귀굿 단계 중에 영실이 있잖아. 저 강에 빠져 죽은 사람이 한둘이 아닐 텐데 다른 넋이라도 육신녀한테 실려 봐. 난리 날 거야. 그리고 진짜 수귀는 그 틈에 사람을 해할 거고."

영실은 무꾸리에게 망자의 넋이 실리는 걸 말한다. 어쩌면 이 프로그램에서 노리는 건 천도가 아닌 영실 그 자체에 있을지도 모른다고, 윤동욱은 추측했다. 그걸 확인하기 위해서라도 민시현과 만나는 게 중요했다. 만약 그게 목적이라면 무슨 방법을 써서라도 굿을 막아야 하니까.

"무슨 말인지 알겠네, 알겠어. 여기가 난장판이 될지도 모르고 그러면……."

"그러면 내가 겪었던 것과는 차원이 다른 참극이 일어날 거야. 수귀의 분노는 걷잡을 수 없을 테니까."

윤동욱이 가장 걱정하는 게 바로 그거였다. 수귀의 목적은 복수에 있다. 하지만 이미 악귀가 되었기에 분별력이 없을 것이고, 그건 곧 복수에 방해되는 존재라면 누구든 해칠 수 있다는 뜻이었다. 그날 밤에 그랬던 것처럼.

두 사람이 의논하는 사이 방송은 계획대로 진행되고 있었다. 김두현이 현천강의 유래와 그날의 사건을 정리해서 전달한 후 다음 순서인 인터뷰로 넘어갔다.

"그렇다면 이제는 촬영 중 사망자가 발생한 그날 밤으로 가 보도록 하겠습니다. 먼저, 그때의 상황을 생생히 전해 줄 분을 모셨습니다. 김상수 교수입니다.”

김두현도 긴장이 풀렸는지 막힘없이 진행했다.

“김 교수님 등장합니다.”

박재민 피디가 말했다. 그때였다.

챙! 챙! 챙! 챙!

꽹과리 소리가 울려 퍼졌다. 모두의 시선이 굿판으로 향했다. 윤동욱과 옥도령도 고개를 돌렸다. 악사 한 명이 온몸을 부들부들 떨며 꽹과리를 치고 있었다. 옆에 앉은 다른 악사가 말리려 했지만 소용없었다. 당황한 김두현이 멍하니 카메라만 쳐다봤다. 박재민 피디가 다급하게 지시했다.

“신경 쓰지 말고 그대로 진행합니다!”

그제야 정신을 차린 김두현이 다시 말했다.

“자, 김상수 교수 나와 주세요.”

“뭔가 심상치 않은데요?”

옥도령이 악사를 보며 말했다. 여러 명이 달려들어 꽹과리를 뺏긴 했지만 악사는 미친 듯이 몸을 들썩이며 가만히 있지 못했다. 육신녀가 다가가 살펴보는 모습이 윤동욱의 눈에도 들어왔다. 순간, 축축하고 서늘한 기운이 목덜미를 핥고 지나갔다. 윤동욱은 움찔했다. 강바람이 강하게 불어왔다. 그 바람

끝에 누린내가 섞여 있었다.

"큰일이다!"

그렇게 말한 그때 누군가가 윤동욱의 팔을 잡았다. 재빨리 고개를 돌렸다.

"동욱 씨!"

민시현이 서 있었다. 몰골이 말이 아니었다. 옷은 잔뜩 더러워졌고 얼굴에도 흙이 묻어 있었다.

"작가님. 괜찮으세요?"

놀란 윤동욱의 물음에 민시현은 고개를 끄덕이며 말했다.

"일단은 괜찮아요. 동욱 씨는요?"

"저도 일단은…… 그런데 지금 상황이 이상하게 흘러갑니다. 수귀가……."

"수귀가 여기 있어요!"

민시현이 말한 순간, 옥도령이 끼어들었다. 그는 진행자인 김두현 쪽을 뚫어지게 보고 있었다.

"두 분 만난 건 다행인데…… 저기 좀 보셔야겠어."

김두현 앞으로 비틀거리며 나온 사람은 김상수 교수가 아니었다. 늘어난 흰색 러닝을 입은 비쩍 마른 노인이었다. 김두현이 당황하며 말했다.

"아! 뭔가 착오가 있는 것 같습니다. 원래 김상수 교수 순서인데, 저…… 성함이?"

"저 사람 현천마을 이장인데?"

민시현이 중얼거렸다. 확실했다. 10년 이상 이장으로 일했다고 뻔뻔하게 거짓말한, 조칠복 패거리 중 한 명인 김종우가 틀림없었다.

"나요? 나…… 여기 이장인데, 그런데…… 그런데…… 그런데…… 그런데……."

김종우는 고장 난 장난감처럼 뒷짐을 진 상태로 '그런데'만 되풀이했다. 박재민 피디의 무전이 제작진에게 날아들었다.

"뭐 해? 빨리 끌어내!"

김종우가 멍하니 서 있다가 웃기 시작한 건 바로 그때였다.

"ㄲㄲㄲㄲㄲ."

입을 한껏 벌린 채 어깨까지 들썩이며 웃던 김종우는 돌연 움직임을 멈췄다. 그러고는 가늘게 눈을 뜨고서 정면을 응시했다. 입은 여전히 찢어질 듯 벌린 상태였다.

"위험해……."

민시현은 다음에 어떤 상황이 펼쳐질지 알 것만 같았다. 그래서 달려 나갔다. 그 순간이었다. 김종우가 뒷짐을 풀고 손을 앞으로 내밀었다. 그는 망치를 들고 있었다. 그리고…… 그걸 힘껏 휘둘렀다. 자기를 향해.

픽!

그런 소리와 함께 망치의 뾰족한 뒷부분이 김종우의 눈에 박혔다.

"억!"

옆에 서 있던 김두현이 놀라서 뒤로 물러났다. 김종우의 망치질은 한 번으로 끝나지 않았다.

픽!

두 번째 망치질에 나머지 눈에도 구멍이 뚫렸다. 환한 조명 아래 눈에서 검붉은 피를 흘리며 천천히 쓰러지는 김종우의 모습이 똑똑히 보였다. 쓰러진 김종우는 발작하듯 몸을 떨더니 그대로 움직이지 않았다.

"피디님. 컷! 컷!"

허현철의 무전이 울려 퍼졌다. 멍하니 앉아 있던 박재민 피디는 그제야 정신을 차렸는지 의자에서 벌떡 일어났다. 그러면서 외쳤다.

"카메라 계속 돌려! MC 멘트 치고! 빨리! 2번 카메라 MC 클로즈업!"

"미친 거 아냐? 말려야지!"

옥도령이 목소리를 높였을 때였다. 이번에는 굿판에서 다른 소리가 들렸다.

둥! 둥! 둥! 둥!

북이었다.

징! 징! 징! 징!

징 소리도 울려 퍼졌다. 그것만이 아니었다. 다른 악기 모두 악을 쓰듯 굉음을 쏟아 냈다. 악사들은 허옇게 눈을 까뒤집은 채 자기가 맡은 악기를 마구 연주했다. 그야말로 미친 듯이. 몸을 떠는 것으로도 모자라 앉은 자세 그대로 펄쩍펄쩍 뛰어오르기도 했다. 이상 행동을 보이는 건 그들만이 아니었다. 늙은 청배무당이 자리를 박차고 나와 굿상의 음식을 마구 집어 먹었다.

"뭐야?"

"뭐가 어떻게 되는 거야?"

여기저기서 당혹감과 두려움이 뒤섞인 외침이 쏟아졌다. 그 소리에 뒤질세라 박재민 피디는 카메라 옆까지 달려가 김두현을 향해 소리쳤다.

"계속 진행해! 보는 그대로, 있는 그대로 전해!"

"저, 저, 그러니까…… 지금 이곳은 차마 말로 표현할 수 없을 정도로……."

김두현은 더듬더듬 말을 이으려 했지만 그 역시 이미 제정신이 아니었다. 말이 막힐 때마다 손으로 자기 머리를 계속 때렸다.

"수귀 짓입니다! 막지 못하면 다 죽을 겁니다!"

윤동욱이 외쳤다. 민시현도 알고 있었다. 지금이 지옥의 난장이 펼쳐지기 직전이라는 것을. 바람이 불었다. 고정해 둔 카메라가 휘청거릴 정도의 강풍이었다. 뒤이어 비가 쏟아지기 시작했다.

"뭐, 뭐부터 해야 하죠?"

민시현은 더듬거리며 물었다. 제작진은 통제 불가능한 집단 공황에 빠진 듯했다. 비가 세차게 쏟아지는데도 멍하니 맞고 서 있거나 히죽히죽 웃거나 아니면 몸을 떨며 제자리에서 마구 뛰었다.

"일단 피해요! 여긴 형님이랑 내가 알아서 할 테니까!"

옥도령이 소리쳤다. 민시현 역시 그래야 한다는 걸 알지만 발이 떨어지지 않았다. 못에 박힌 듯했다. 차디찬 빗줄기가 온몸을 때렸다. 뼈가 시릴 정도였다.

"누가, 누가 수귀인 것 같습니까? 혹시 모르겠어요?"

윤동욱이 민시현의 어깨를 양손으로 잡은 채 물었다.

누구?

민시현은 멍하니 주위를 둘러봤다. 눈에 들어오는 사람이 없었다. 그때였다. 옥도령이 새된 소리로 외쳤다.

"형님! 저기!"

윤동욱은 옥도령이 가리키는 쪽으로 고개를 돌렸다. 굿판이었다. 육신녀가 퍼렇게 날 선 신칼을 자기 목에 가져다 대는 중이었다. 육신녀 역시 눈이 완전히 돌아가 흰자위만 보였다.

"안 돼!"

윤동욱과 옥도령이 동시에 굿판으로 뛰어들었다. 박수와 애동제자 몇은 이미 납작 엎드려 벌벌 떨고만 있었다.

신칼이 육신녀의 목을 긋기 전 윤동욱이 간신히 팔을 잡아서 떼어 놓았다. 옥도령은 애동제자에게 달려가 외쳤다.

"부적. 부적 어디 있어?"

그때 육신녀가 몸을 배배 꼬더니 젊은 여자 목소리로 말을 쏟아 냈다.

"내가 저기 깊은 물에서 왔어! 너희 모두 같이 가자. 나랑 같이 가서 놀자! 모두 데리고 갈게. 저긴 아주 넓고 깊으니까. 키키키키."

그 목소리를 듣는 순간 민시현은 귀를 의심했다.

"전 선배?"

분명 전수라의 목소리와 말투였다. 육신녀는 곧 머리를 홰홰 젓더니 눈을 부릅뜨고 다른 목소리를 냈다. 이번에는 남자였다.

"너희 씨펄놈들. 내가 싹 다 끌고 들어갈 거야!"

"현천강에서 죽은 사람 넋이 모두 달라붙었어! 다시 강으로 돌려보내야 해!"

윤동욱이 신칼을 뺏어 들고는 저만치 던졌다. 옥도령이 부적을 잔뜩 들고 달려왔다.

"그러니까 이게 메인은 아니란 거지? 이 짓을 벌인 수귀는 따로 있다는 거잖아, 맞지?"

"그래! 그걸 찾아야 하는데……."

"그러면 형님은 빨리 그것부터 찾으셔. 요 잡것들 돌려보내는 건 내가 할 테니."

옥도령이 말했다.

"혼자서 괜찮겠어?"

"어허! 걱정도 팔자요. 나, 옥도령이요!"

그 말과 함께 옥도령은 육신녀의 온몸에 부적을 덕지덕지 붙였다. 물에 젖은 덕분에 부적은 떨어지지 않았다. 그런 뒤 옥도령이 무주(巫呪)를 외기 시작했다. 평소의 경박한 목소리와 달리 굵고 위엄 있는 소리가 터져 나왔다.

"용왕님께 고하옵고, 신령님께 비옵나니, 천도 못 한 넋이 있어 길을 찾아 헤매이니, 받아주소, 받아주소, 봄여름에 꽃을 받듯 가을겨울 바람 받듯 받아주소, 받아주소, 이 넋을 받아주소……."

비바람이 몰아치고, 곳곳에서 비명과 괴성이 울리는 가운데에서도 민시현은 한 가지 사실을 깨달았다. 갈수록 정신이 맑아지면서 자기가 해야 할 일에 집중할 수 있었다. 그 결과…… 누가 수귀에게 빙의됐는지 알아냈다.

"이 난리에 혼자 꼼짝 않는 사람이 있어."

민시현은 중얼거렸다. 바로 그 사람이 시야에 들어왔다. 그는 모든 상황을 물끄러미 바라보듯 태연히 서 있었다.

김상수 교수였다.

알아낸 사실을 말하려고 윤동욱을 찾았다. 그는 저만치 서서 옥도령을 보고 있었다.

"동욱 씨!"

민시현이 다급하게 외쳤지만 윤동욱은 듣지 못한 것 같았다.

"동욱 씨! 여기요!"

그렇게 다시 소리친 후 고개를 돌렸다. 김상수 교수가 사라지고 없었다. 당황한 민시현은 재빨리 주위를 둘러봤다. 제작진 모두 해괴하고 괴이한 모습으로 쓰러지거나 비틀거리는 중이었다. 그러다가 동시에 허리를 기역 자로 꺾은 채 검디검은 물을 토해 냈다. 그때였다. 민시현의 눈에 강둑을 내려가는 김상수 교수의 뒷모습이 보였다. 그가 걸어가는 방향에는 현천마을이 있었다.

"동욱 씨!"

세 번째 불렀을 때 윤동욱이 돌아봤다. 그러고는 곧장 달려왔다. 민시현은 어둠 속으로 사라져 가는 김상수 교수를 가리켰다.

"저 사람. 저 사람 몸에 수귀가 있어요!"

"확실해요?"

윤동욱이 물었다.

"네! 김상수 교수 혼자 아무런 표정도 없었거든요."

"쫓아갑시다."

윤동욱과 민시현은 강둑을 내려갔다. 비가 계속 쏟아져 무척 미끄러웠다. 윤동욱이 손을 내밀었다. 민시현은 그 손을 맞잡고 걸음을 서둘렀다.

"그날 밤 저 바로 옆에 김상수 교수가 있었어요. 원래는 제게 들어오려 했는데…… 그게 안 되면서 김 교수님께 빙의한 것 같아요."

민시현의 설명을 듣던 윤동욱이 빗소리를 이기기 위해 크게 외쳤다.

"작가님은 제 옆에서 절대 떨어지지 마세요!"

"네!"

민시현 역시 목소리를 높였다. 그러면서 물었다.

"그런데 계획은 있어요? 따라잡는다고 해결되는 건 아니잖아요!"

"달래야죠."

"네?"

"달래 볼 겁니다. 일단은."

윤동욱은 결의에 찬 표정으로 말했다.

# TAKE 10. 결말

마을 입구로 들어섰지만 김상수 교수 모습은 보이지 않았다. 공교롭게도 민시현과 윤동욱 둘 다 핸드폰이 없었다. 비 내리는 어둠 속을 불빛 하나 없이 걸어야 했다. 현천강에서 벌어진 아비규환이 무색하게 마을은 너무나 조용했다. 오직 빗소리만 들릴 뿐이었다. 두 사람은 각자 자기가 알아낸 정보를 간단하게 교환했다.

"이제 의문점 대부분은 풀렸네요."

민시현이 말했다.

"그렇죠. 무당이 살해당해 수귀가 되었고 그 후 마을에 재앙이 내리기 시작했다."

"그런데 우리가 촬영을 시작하면서 전 선배가 죽고, 수귀가 물에서 나왔다. 그리고 차례차례 복수를 해 나가다가 이 지경까지 왔다."

윤동욱의 말을 민시현이 받아 정리했다.

"수귀의 마지막 복수 상대는 정해져 있습니다."

"맞아요. 조칠복이겠죠."

두 사람은 자연스레 조칠복의 집으로 향하고 있었다. 얼마쯤 걸었을까, 어둠 속에서 누군가가 튀어나왔다. 둘은 놀라서 물러섰다. 키가 훌쩍 큰 노인이 비틀거리고 있었다. 자세히 보니 곡괭이가 옆구리에 박힌 상태였다.

"으흐흐."

노인은 죽어 가는 게 분명한 그 상황에서도 웃음을 터트렸다. 그러더니 푹 쓰러졌다. 따끈따끈한 시체 위로 차가운 비가 쏟아져 내렸다.

"수귀 짓이에요! 수귀는 사람을 홀려서 죽음에 뛰어들게 만들어요."

민시현의 말에 윤동욱이 알겠다는 듯 고개를 끄덕했다.

"이 노인도 조칠복 패거리 중 한 명이었습니다. 지금 하나

씩 찾아다니며 죽여 나가고 있는 것 같아요."

"막아야 하는데…… 아무리 나쁜 사람이라도 귀신 손에 죽게 할 순 없잖아요! 그렇죠?"

민시현이 물었다.

"그렇습니다. 다만 지금 봐서는 수귀가 조칠복의 집으로 바로 간 것 같진 않습니다. 마을을 돌아다니는……."

탕!

총소리가 윤동욱의 말을 가로막았다. 멀지 않은 곳이었다. 두 사람은 눈빛을 교환한 후 총성이 들린 쪽으로 내달렸다.

시체는 길가에 널브러져 있었다. 머리에 구멍이 뚫렸지만 입꼬리만은 실로 꿰맨 듯 위를 향한 채. 끔찍한 모습에 민시현은 고개를 돌렸다. 빗줄기는 점점 더 굵어졌다. 그날 밤과 비슷했다. 수귀가 물 밖으로 나왔던 그날…… 부정적인 생각을 안 하려야 안 할 수가 없었다. 이번에도 관련 없는 희생자가 나왔고, 수귀는 미쳐 날뛰고 있다. 제발 더 이상 누군가 죽는 걸 보고 싶지 않았다. 민시현이 위험을 무릅쓰고 수귀를 찾으려 했던 데는 그런 이유가 있었다. 게다가 죄책감에도 시달렸다. 그 댕기에 대해 그냥 말했더라면, 자기 능력을 밝히고 심상치 않은 일이 있었다고 이야기했다면…… 모든 게 달라지지 않았을까? 설령 골치 아픈 상황에 놓이게 될지언정 동료와 애기신녀가 그렇게 죽지는 않았을 텐데.

"작가님."

윤동욱이 민시현을 불렀다.

"네. 저 여기 있어요."

이제 사방은 바로 옆에 붙어 선 사람조차 잘 보이지 않을 정도로 어두워졌다. 거기에 비까지 내려 시야가 더 좁아졌다.

별도 달도 없이 비 내리는 이 밤은 수귀가 돌아다니기에 딱 좋은 환경이었다. 이대로 그 흔적을 쫓기만 하다가는 김상수 교수를 절대 따라잡지 못할 것 같았다. 두 사람 모두 비슷하게 생각했다. 먼저 말을 꺼낸 건 민시현이었다.

"동욱 씨. 수귀보다 한발 빨리 움직여야 할 것 같아요. 그러 자면 전 여기서 돌아가는 게 맞겠어요."

"작가님……."

윤동욱의 목소리가 저 멀리서 들리는 듯했다.

"대신에 가서 그 친구분 여기로 오시라 할게요. 손전등 같 은 거 챙겨서. 아무래도 그러는 편이 더 도움이 될 거예요."

맞는 말이었다. 윤동욱은 수귀의 기운을 희미하게나마 읽 고 있었다. 그걸 따라 움직이려면 더 빨리 이동해야 했다. 거 기에 민시현은 위험에 노출될 확률이 높다. 옥도령이 더 많은 도움을 준다는 것 역시 정확한 판단이었다.

"알겠습니다. 그러면 작가님은 강으로 가셔서 거기 사람들 좀 도와주세요."

윤동욱은 결심을 굳히고 말을 꺼냈다.

"네. 그럴게요, 동욱 씨. 대신에 몸조심하세요. 꼭!"

"네!"

민시현은 달려가는 윤동욱의 뒷모습을 보다가 돌아섰다. 혼자 남겨지니 더 어둡고 스산하게 느껴졌다. 빨리 현천강으로 돌아가야 한다. 길은 훤했다. 다만 어디서 뭐가 튀어나올지 몰라 마음이 조마조마했다. 걸음을 서둘렀다. 달릴 수는 없었다. 폭우 속에서 자칫 넘어지기라도 하면 크게 다칠 수도 있으니까.

괜찮을 거야. 다 잘 해결될 거야.

그렇게 생각하며 잰걸음으로 마을을 가로질렀다. 여전히 빗소리 말고는 들리는 게 없었다. 폭우와 어둠이 모든 걸 집어삼킨 것만 같았다. 민시현은 이 비 역시 수귀의 짓이라 생각했다. 그날 밤에도 그랬듯, 엄청난 원념이 폭우를 불러온 것이다. 새삼 원한을 가진 채 죽는 게 얼마나 무서운 일인지 와닿았다. 그리고…… 귀신 중에서도 수귀가 왜 가장 무섭다고 하는지 알 것 같았다. 물은 소리 없이 스미고, 흔적 없이 모든 걸 쓸어 버린다. 수귀 역시 그러고 있었다.

드디어 마을 입구까지 왔다. 민시현은 한숨 돌린 후 다시 걸음을 재촉했다. 폭우 속에서 움직이는 건 상당히 힘든 일이었다. 저 멀리 서 있는 차 두 대의 실루엣이 보였다. 이제 다 왔다. 저기만 지나 모퉁이를 돌면 강둑이었다.

그때였다.

찰방찰방.

그런 소리가 들려 뒤를 돌아봤다. 빗소리를 뚫고 들릴 정도면 상당히 가까운 곳에서 나는 소리라고 생각했다. 아무것도 보이지 않았다. 잘못 들었나 싶어 다시 걸음을 옮겼다.

찰방찰방.

또 들렸다. 이번에도 고개를 돌렸다. 어둠 속에 무언가가 도사리고 있는 듯했다. 그 사실을 깨달은 민시현은 달리기 시작했다. 그 순간이었다.

찰방찰방. 찰방찰방. 찰방찰방. 찰방찰방. 찰방찰방.

소리가 순식간에 가까워진다 싶더니 억센 팔이 뒤에서 민시현의 목을 감았다.

"아……."

민시현은 신음조차 제대로 내지 못한 채 버둥거렸다. 더운 입김이 귓가에 훅 날아들었다. 고약한 냄새도. 그것들이 뒤섞여 한마디의 말로 변했다.

"잡았다! 크크크."

조칠복이었다.

윤동욱은 세 번째 시체를 발견했다. 목에 삽이 꽂혀 있었다. 이 노인은 자기 목이 반쯤 잘릴 때까지 삽질을 멈추지 않은 듯 보였다. 시체에서는 사악한 기운이 물씬 풍기고 있었다. 누린내와 물비린내도 짙었다. 수귀에게 홀려 죽임을 당한 지 얼마 안 된다는 뜻이었다. 윤동욱은 눈을 지그시 감고 숨을 들이쉬었다. 수귀의 기운이 근처에 머물고 있었다. 느껴졌다.

"나무불 나무법 다질치, 가라벌치 가라벌치 가하벌치 가하벌치, 라가벌치 라가벌치 사바하, 천라신 지라신 인리난 난리신, 일체 재앙화위진 나무 마하 반야바라밀이."

무주를 외며 조용히 움직였다. 윤동욱의 음성은 낮고 멀리 울렸다. 비바람을 뚫고 어둠 속 깊이 퍼져 나갔다.

"나무불 나무법 다질치, 가라벌치 가라벌치 가하벌치 가하벌치, 라가벌치 라가벌치 사바하, 천라신 지라신 인리난 난리신, 일체 재앙화위진 나무 마하 반야바라밀이."

수귀의 기운이 점점 가까워졌다. 윤동욱은 그 기운을 따라 골목 안 깊숙이 들어갔다. 쓰러져 있는 누군가가 보였다. 재빨리 다가갔다.

"엇!"

쓰러진 이는 김상수 교수였다. 정장 차림 그대로 엎드린 채비를 맞고 있었다. 수귀 특유의 기운이 느껴지기는 했지만 지금은 빠져나간 것 같았다. 그것도 방금. 윤동욱은 김상수 교수의 상태부터 살폈다.

"괜찮으십니까? 정신 차려 보세요."

김상수 교수는 천천히 눈을 뜨더니 어리둥절한 표정으로 윤동욱을 올려다봤다.

"내, 내가 여기 왜 있습니까?"

"뭔가 생각나는 건 없습니까?"

윤동욱이 물었다. 김상수 교수는 고개를 갸우뚱하더니 간신히 입을 열었다.

"어…… 어떤 여자가…… 다가왔는데……."

"여자? 어떻게 생겼습니까?"

"모, 몰라요. 갑자기 몸에 힘이 빠지더니……."

윤동욱은 수귀가 다른 사람에게 옮겨갔다는 걸 깨달았다. 곤란한 일이었다.

"핸드폰 가지고 계십니까?"

"네네."

김상수 교수는 재킷 주머니 안쪽을 만져 보더니 고개를 끄덕였다.

"그러면 빨리 경찰에 신고하세요. 여긴 현천마을이고, 사망자와 부상자가 다수 발생했다고 하시면 될 겁니다."

"네? 그게 무슨⋯⋯."

"전 할 일이 있어서 가 보겠습니다. 부디 무탈하시길 빕니다."

윤동욱은 김상수 교수가 엉거주춤 일어나는 것까지 본 후 걸음을 옮겼다. 수귀가 다른 이에게 빙의할 줄은 미처 예상하지 못했다. 난감했다. 지금 할 수 있는 최선은 수귀의 기운을 따라 빨리 움직이는 것이다. 그 생각을 하며 윤동욱은 다시 기운을 읽는 데 집중했다.


민시현은 입이 틀어막힌 채 끌려갔다. 조칠복이 낫을 목에 대고 있어 반항할 엄두도 못 냈다. 조칠복은 계속 혼잣말을 중얼거렸다.

"내가 무서워할 줄 알아? 응? 난 하나도 안 무서워. 크크크."

조칠복의 집과 점점 가까워졌다. 저곳으로 끌려간다면 죽게 될 거라고, 민시현은 예감했다. 한편으로는 이 노인이 왜 자기를 데려가는 건지 그게 너무 궁금했다.

"그 영감이랑 미친 손녀년, 그것들이 문제였어. 진즉 처리했어야 하는데. 쯧. 골치 아프게 말이야."

그 말을 듣는 순간 가슴이 철렁했다. 설마⋯⋯.

"영감을 족치니까 술술 불던데? 너한테 다 얘기했다고. 그 래서 생각했지. 너만 없애면 다 덮을 수 있겠다고. 크크크."

"그, 그분은 어떻게……."

민시현은 간신히 입을 열어 물었다.

"안 보이나? 이 낫으로 방금 멱을 따고 왔는데. 빗물에 피가 다 지워졌나 보군. 크크."

안 돼!

눈앞이 캄캄했다. 분노가 치밀었지만 아무것도 할 수 없어 더 화가 났다. 민시현은 깨달았다. 귀신보다 더 무서운 게 바로 인간이라고. 아니, 조칠복은 그냥 인간이라 부르면 안 될 것 같았다. 조칠복이야말로 악귀였다. 살아 숨 쉬는 악귀.

어느새 조칠복의 집에 도착했다. 개는 자기 집 안에 숨어 낮게 으르렁거렸다. 조칠복은 민시현을 집으로 밀어 넣었다.

"아!"

마루에 던져진 민시현이 곧바로 일어나려 하자 조칠복의 발이 날아들었다. 배를 정통으로 걸어차인 민시현은 신음도 흘리지 못하고 컥컥거렸다. 숨을 쉴 수 없었다. 통증이 배에서 시작해 등까지 덮쳤다.

"이리 와!"

조칠복은 웅크린 민시현의 머리채를 잡고 질질 끌었다. 그러고는 안방으로 향했다. 민시현은 그 상황에서도 바닥에 떨어진 볼펜을 발견하고 얼른 손에 쥐었다.

"최대한 아프게 죽여 줄 테니 기대해."

그렇게 말한 조칠복은 큭큭 계속 웃었다. 그러면서 뭔가를 찾는 듯 두리번거렸다.

"비닐이 여기 어디 있을 텐데……."

민시현은 그 순간을 놓치지 않았다. 어금니를 꽉 깨물고 오른손에 힘을 준 뒤 조칠복의 발등에 그대로 볼펜을 꽂았다.

"악!"

조칠복이 비명을 지르며 비틀거렸다. 민시현은 벌떡 일어나 마루로 달려 나갔다.

"저 년이!"

뒤에서 분노에 찬 외침이 들렸다. 마루를 지나 마당에 내려선 순간 조칠복의 억센 손이 어깨를 낚아챘다. 민시현은 그걸 뿌리치고 달렸다. 개가 갑자기 튀어나온 건 바로 그때였다. 민시현은 개를 피하려다가 미끄러졌다. 손으로 땅을 짚으려 했지만 늦었다. 그대로 넘어져 바닥에 뒹굴었다. 충격이 상당했다. 하지만 통증은 느끼지 못했다. 온몸의 신경세포가 감지하는 건 오직 공포였다. 쓰러진 채로 몸을 돌려서 조칠복을 봤다. 비바람을 맞으며 한 손에 낫을 든 채 선 그는 그야말로 악귀 그 자체였다.

"왜 개고생하게 만들어?"

조칠복이 중얼거렸다. 그는 절뚝거리며 다가왔다. 민시현은 눈을 감았다. 이제 도망칠 수 없다는 걸 깨달았다. 끝이었다. 죽는다는 사실보다 아무것도 해 보지 못했다는 게 더 분했다. 이를 악물었다. 곧 찾아올 고통에 대비하려고. 절대 비명은 지르지 않으리라 다짐했다. 놈이 원하는 대로 고통에 몸부림치며 죽기는 싫었다. 서늘한 기운이 민시현의 몸으로 쏟아져 내렸다. 비가 아니었다. 그것은 살기였다.

"뒈져라."

그 말이 날아들었다. 다음은 낫일 거라고 짐작하며 민시현은 온몸에 힘을 줬다. 정적이 흘렀다. 아무 일도 일어나지 않았다. 슬그머니 눈을 떴다. 그 순간이었다. 개가 짖기 시작했다. 대문 쪽을 향해서.

컹! 컹!

맹렬하게 짖던 개는 금세 꼬리를 감추고는 낑낑 소리까지 내며 도망가 버렸다. 조칠복의 시선 역시 대문에 머물고 있었다. 입을 멍하니 벌린 채 뭔가를 바라보는 중이었다. 민시현은 간신히 몸을 틀었다. 대문 앞에 누군가 서 있었다. 검은색 옷, 얼굴에 착 달라붙은 긴 머리카락, 그리고 구부정한 어깨…….

"연수 씨?"

그렇게 말한 것과 동시에 민시현은 연수가 아니라는 걸 깨달았다. 아니, 겉은 연수지만 그 안에 다른 것이 들어 있었다. 어두운 물 깊은 곳에서 원한을 쌓고 또 쌓다가 마침내 그걸 풀기 위해 뭍으로 올라온 존재…… 수귀였다.

"너, 너 뭐야?"

조칠복의 목소리가 희뜩 뒤집혔다. 그는 낫을 허공에 휘두르면서도 조금씩 뒤로 물러났다. 눈은 한없이 커졌고, 얼굴은 공포로 일그러졌다. 악귀의 얼굴에도 저런 표정이 떠오를 수 있다는 사실에 민시현은 놀랐다. 그때였다. 물기를 잔뜩 머금은 차가운 음성이 들려왔다.

**네가 마지막이야.**

"저리 가! 저리 가!"

필사적으로 외치던 조칠복이 낫을 휘두르던 자세 그대로 딱 굳었다.

**…… 같이 가자.**

**나랑 같이 가자.**

**키히히히히.**

민시현은 조칠복의 얼굴에 미소가 걸리는 걸 봤다. 보이지 않는 손이 그의 입을 양쪽으로 벌리는 것 같았다. 활짝 열린 입안에서 혀가 꿈틀거렸다.

"나는…… 나는……."

간신히 말을 이으려던 조칠복이 드디어 웃음을 터트렸다.

"으흐흐흐흐!"

즐거워 못 견디겠다는 듯 상체를 들썩이며 웃었다. 그러고 다음 순간, 그는 낫을 높이 들었다. 민시현은 이번에는 고개를 돌리지 않았다. 조칠복은 천천히, 그러나 단호한 동작으로 낫을 자기 목에 댔다.

**너도 좋지?**

**키히히히히.**

수귀의 웃음이 울려 퍼졌다. 듣는 것만으로도 오싹해지는 그 웃음이 긴 꼬리를 남긴 채 사라졌다. 조칠복은 기다렸다는 듯 낫으로 자기 목을 그었다.

"끄윽."

바람 빠지는 것 같은 괴상한 소리가 조칠복의 입에서 흘러나왔고, 갈라진 목의 상처에서는 검은 피가 후드득 쏟아졌다. 그것이 최후였다. 조칠복의 깊게 벤 상처는 마치 또 하나의 웃는 얼굴처럼 보였다. 그게 점점 벌어지더니 조칠복은 이내 무너져 내렸다. 두 개의 미소를 띤 채.

조칠복이 죽어 가는 모습을 똑똑히 지켜본 민시현은 수귀를 향해 몸을 돌렸다. 연수, 아니 수귀는 민시현을 물끄러미 내려다보고 있었다. 그러면서 한 손을 들었다. 까딱. 손짓했다.
이렇게 묻는 듯했다.

**…… 같이 갈까?**

민시현은 자기도 모르게 미소를 지었다. 고개를 끄덕였다.
바로 그때였다. 윤동욱의 목소리가 날아들었다.

"작가님! 정신 차려요!"

윤동욱은 숨을 몰아쉬며 수귀를 노려봤다. 제정신으로 돌
아온 민시현이 윤동욱을 향해 외쳤다.

"조심해요!"

수귀가 윤동욱을 향해 완전히 돌아섰다. 바람이 불었다. 검
은색 원피스가 나부꼈다. 윤동욱은 무주를 외기 시작했다. 온
힘과 모든 정신을 다해서.

"물에서 나온 귀는 다시 물로 돌아갈지니, 네 집이 그곳이
라, 인간 몸을 탐하면 필히 멸하나 본령으로 돌아가면 천도하
리다. 억울하고 원통한 넋이여, 이제 그만 원을 풀고 돌아가
라! 옴 급급여율령. 사바하!"

연수가 비틀거렸다. 윤동욱의 무주가 효과를 발휘하는 듯
했다. 하지만 수귀는 표독스럽게 외쳤다.

**내 원이 깊어 그냥은 못 간다!**

**내 한이 짙어 이대로 못 간다!**

**내 원한을 풀려면 너희 모두를 데려가야 한다!**

그 외침을 듣고 있던 윤동욱이 이번에는 달래듯 말했다.

"내 어찌 그 마음 모르겠소. 같은 무꾸리니 더욱 잘 알지. 허나, 원은 덧없고 한은 가벼우니 이제 그만 평안을 찾으시게. 끝내 악귀가 되어야 하겠는가."

민시현은 윤동욱의 말을 들으며 문득 뭔가를 떠올렸다. 그러고는 바지 주머니에 손을 넣고 뒤졌다. 있었다. 꼬깃꼬깃 접은 부적이 손가락에 닿았다. 그걸 빼 들었다. 젖긴 했어도 찢어진 건 아니었다. 그사이 수귀는 더욱 거세게 저항했다.

**…… 같이 가자. 너도 같이 가자.**

**같이! 같이! 같이! 같이! 같이! 같이! 같이! 같이! 같이! 같이! 같이! 같이!**

수귀가 그렇게 외치며 윤동욱을 향해 달려들려 했다. 그 순간 민시현이 몸을 날렸다. 연수의 등에 부적을 붙였다. 수귀는 우뚝 멈춰 섰다. 그러고는 감전이라도 당한 것처럼 몸을 떨었다. 윤동욱이 다시 큰 소리로 외쳤다.

"귀여 물러가라! 급급여율령!"

**안 돼!**

수귀의 마지막 외침이 울려 퍼졌다. 줄 끊어진 인형처럼 쓰러지는 연수를 윤동욱이 재빨리 부축했다.

"끄, 끝났나요?"

민시현이 물었다.

"네. 끝났습니다."

윤동욱의 말을 듣는 것과 동시에 울음이 터졌다. 뜨거운 눈물이 뺨을 타고 흘러내렸다. 민시현은 주저앉은 채 아이처럼 울었다.


여러 대의 경찰차와 구급차가 현천강으로 달려온 건 30분 정도 후였다. 쓰러졌던 제작진 중 대부분은 제정신을 차렸다. 그러나 부상자가 많았다. 그에 비해 구급차 수는 턱없이 부족했다. 경찰은 여러 사람에게 이것저것 물으며 상황 파악을 위해 애썼다. 현천강과 현천마을은 그야말로 난장판이 되었다. 특히 경찰은 현천마을에서 발견한 여러 구의 시체에 경악했다. 그렇게 정신없이 상황이 돌아가는 사이, 민시현과 윤동욱은 헐레벌떡 달려온 옥도령을 만났다.

"수귀는요?"

옥도령은 대번에 그렇게 물었다.

"천도했어."

윤동욱은 짧게 대답했다. 그 역시 몹시 피곤한 표정이었다.

"와! 대단하셔, 형님!"

"나 혼자 한 게 아니야. 작가님 아니었으면 어려웠어."

그 말을 들은 옥도령은 민시현을 향해 엄지를 들어 보였다.

"보통내기가 아닐 것 같았거든요. 역시!"

"육신녀는? 다른 사람들은?"

"육신녀는 정신을 차렸어요. 현천강 넋들은 모두 천도했고."

"역시 옥도령이구나."

윤동욱은 그 말과 함께 희미하게 웃었다.

"경찰이 이 사건 설명해 줄 사람을 애타게 찾더라고. 아무래도 두 사람이 그걸 해 줘야 할 것 같아서."

옥도령이 말했다. 민시현도 각오했던 일이었다. 끔찍한 사건이 고스란히 생방송으로 중계됐다. 게다가 상식으로는 설명할 수 없는 일이 일어났고, 자기는 여러 죽음의 목격자가 되기도 했다. 당분간은 경찰은 물론이고 언론의 관심을 폭발적으로 받게 될 것이다. 민시현은 다짐했다. 어떤 상황이 와도 사실대로 말하고 아는 건 모두 털어놓겠다고.

"아……."

민시현의 어깨에 기대있던 연수가 깨어났다.

"어때요? 괜찮아요?"

연수를 향해 민시현이 물었다. 연수는 멍한 표정으로 주위를 보더니 고개를 푹 숙이고 중얼거렸다.

"할배. 죽었다. 내가 봤다. 우리 할배 죽었다."

"연수 씨……"

민시현은 어떻게 위로해야 할지 몰라 연수의 등을 가만히 쓸어 줬다. 연수는 그저 멍하니 앉아만 있었다. 슬픔을 표현할 방법이 없는 듯했다.

"근데 형님. 나 한 가지 궁금한 게 있어."

옥도령의 말에 윤동욱이 물었다.

"뭔데? 이제는 그만 궁금해해도 되지 않을까?"

"아니, 그게 아니라…… 우리 그 당집에서 까마귀로 무고한 거 봤잖아요. 그것 때문에 마을에 액운이 낀 거고. 그런데 지금 생각해 보면 거기 무당은 죽기 전엔 그런 짓 안 했을 것 같은데…… 그러면 그건 누가 한 거지?"

"그거 내가 했는데?"

연수가 뜻밖의 말을 했다.

"네?"

옥도령과 윤동욱이 동시에 되물었다.

"선녀 언니가 그랬거든. 자기 안 보이면 그렇게 하라고. 그래서 내가 했다. 까마귀 잡아서 다 죽였어. 키키키키키."

모두 할 말을 잃고 연수를 바라봤다. 연수는 계속 웃었다.

계속, 계속, 계속……

　민시현은 새삼 생각했다. 가장 어두운 물은 인간의 마음이라고. 아무리 어두워도 물속은 들여다볼 수 있지만 인간의 마음은 결코 그러지 못한다고, 그리하여 그런 마음이 귀신도 만들어 내고 저주도 만들어 낸다고…… 민시현은 생각했다. 그러고는 몸을 웅크리고 양팔로 감쌌다. 너무나 오싹해서.

## 인터뷰 ④ 박재민 피디

다큐멘터리라고? 기획 좋네. 역시 방송국 놈들은 머리가 잘 돌아가. 그치? 이번 사건으로 완전히 망할 수도 있었는데 그걸 다큐멘터리로 또 풀어내려고 하네. 아무튼, 대단해. 흐흐. 비밀과 거짓말이 폐지된 건 유감이지. 난 그 프로그램에 다 걸었거든. 사생활도 없이 어떻게 하면 시청률 잘 나올까, 그 고민만 했단 말이야. 그런데 이렇게 되어 버렸으니…… 나로 선 진짜 아쉽지. 왜 그렇게까지 했냐고? 평소를 묻는 거야, 아 니면 그날 일에 관해서 묻는 거야? 둘 다라고?

알잖아. 내가 고집이 좀 세다는 거. 잘해 보고 싶었고, 잘할 수 있을 거로 생각했어. 둘 다 말이야. 특히 그날 밤엔 꼭 성공할 것 같았거든. 지금 생각해 보면 나도 뭔가에 홀린 걸지 모르지.

다들 나랑 조 작가 사이를 의심한다며? 이왕 솔직하게 말하기로 했으니 다 털어놓을게. 맞아. 우린 그런 사이였어. 뭐, 누가 일방적으로 먼저 접근한 건 아니고 어쩌다 보니 그렇게 됐다는 게 맞는 말이지 싶네.

우리가 수귀 아이템 놓고 회의했던 날 기억하지? 사실 회의 전에 조 작가가 따로 언질을 줬지. 자기가 내는 아이템 좀 밀어 달라고. 난 최대한 객관적으로 보겠다고 했는데, 실제로 나쁘지 않은 거야! 그래서 적극적으로 밀어붙였던 거고. 그건 사실이야. 물론 나도 궁금하긴 해. 조 작가 자기가 저지른 일이 있는데 군이 왜 현천강 사건을 드러내려 했는지. 짐작해 보자면 이런 거 아닐까?

방송을 통해 아예 못을 박아 버리려 했던 거. 물귀신 같은 건 없고, 현천마을은 안전한 곳이다, 뭐 이런 식으로. 근데 변수가 생겼겠지. 전 작가가 알아 버린 거야. 그 사건 비밀을. 그때부터 꼬이기 시작했고, 결국 여기까지 왔지.

후회하냐고? 뭘?

난 아무것도 후회 안 해. 그때로 돌아간다 해도 아마 같은 선택을 했을 거야. 조 작가와 그런 사이가 됐을 거고, 수귀 아이템도 그대로 갔겠지. 그리고…… 생방송도 밀어붙였을 거야.

맞다! 편집본이 지워진 거, 그건 지금도 이해할 수 없는 일이야. 진짜 귀신이 그런 거라면 이젠 뭐, 인정할 수밖에 없지. 그런 꼴을 겪었는데 뭔들 못 믿겠어.

이제 대충 끝내도 되지 않을까? 병원까지 찾아와서 인터뷰하느라 너도 힘들고, 나도 힘들거든. 이곳이 말이야, 다들 미친 것들만 있으니 나까지 진짜 그렇게 변하는 것 같거든. 여기서 주는 약 먹으면 더럽게 졸리기도 하고. 자야겠어. 자고 싶어.

좋아. 그럼 이건 너만 알고 있어. 내가 마지막으로 딱 하나만 말할 테니. 나중에 이 부분은 잘라서 제출해. 알았지?

그 생방송이 있던 날, 난 어느 때보다 이성적이고 또 맨정신이었어. 경찰에 말했던 것과 달리 홀린 상태가 아니었단 말이야. 무슨 말인지 알겠어? 나는 꽹과리 소리가 들린 순간에 뭔가 일이 벌어지겠구나, 싶었거든. 그래서 결심했던 거야. 무슨 일이 있어도 방송에 내보내자고. 이쪽 일을 하다 보면 그런 욕심이 생기거든. 누구도 해 보지 못한 걸 방송하고 싶다는 욕심. 난 그 욕심을 채운 것으로 만족해. 호호호.

자, 이제 진짜 그만하자고.

자야겠어. 요즘 불면증 때문에 고생하고 있거든.

잠만 자면 말이야…… 꿈에 자꾸 조희정이 나와. 조 작가가
날 물끄러미 보면서 이야기해.

같이 가자고. 흐흐흐.

## 작가의 말

나는 대체로 '작가의 말' 쓰는 걸 좋아한다. 과장을 조금 보태서 말하자면, 작가의 말을 쓰기 위해 소설을 쓴다고 해도 과언이 아닐 정도다. 소설에서 다 할 수 없었던 이야기를 작가의 말을 통해 쏟아 내곤 하다. 그렇기에 내게 작가의 말은 일종의 '일기'이자 독자에게 보내는 '편지' 역할을 한다. 한편으로는 '경위서'라 생각할 때도 있다. 내가 이 소설을 왜 쓰게 되었는지 구구절절 설명할 기회가 의외로 많지 않기에 이 지면을 빌려 그런 이야기를 해 보는 것이다.

『어두운 물』은 개인적인 경험에서 영감을 얻은 이야기이다.

지금으로부터 20여 년 전, 용감하고 무모하던 20대 시절의 나는 계곡에 빠진 친구를 구한 적이 있었다. 친구가 계곡물에 휩쓸려 가는 걸 보고 무작정 물에 뛰어들었는데 다행히 크게 다치지 않고 둘 다 뭍으로 나올 수 있었다. 지금에 와서야 이렇게 말하지만 당시 상황은 꽤 급박했다. 물살은 거칠었고, 물은 차가웠으며, 나는 겨우 개헤엄 정도 칠 줄 아는 수영 초보였다. 주위에 있던 다른 사람 몇 명이 도와주지 않았다면 지금의 나는 없었을지 모른다. 어디 그뿐인가! 한국 장르 문학계는 호러 장인을 맞이하지 못한 채…… 흠흠. 이쯤 하자.

아무튼, 그때 내가 느낀 건 악의였다. 세차게 흐르는 계곡물이 어떤 악의를 품고 우리를 끝내 죽이려 하는 것 같았다. 그날 이후 얼마간은 물에 빠지는 악몽을 자주 꿨다. 그 꿈속의 물은 시커먼 색이었다.

언젠가 한 번은 물이 선사하는 공포를 소설로 써 보고 싶었다. 예전에 『소용돌이』라는 작품을 쓰긴 했지만 그건 저수지가 배경이었다. 고인 물도 음습하고 무섭지만 모든 걸 휩쓸 듯이 흐르는 강물이 더 섬뜩하게 다가올 때가 있다. 그런 공포와 섬뜩함을 담은 작품이 바로 『어두운 물』이다.

이 작품을 쓰면서 내가 제일 신경 썼던 건 무속인을 보여 주는 태도였다. 내가 만나 본 많은 무속인은 우리와 그다지 다를 게 없었다. 귀신을 무서워하는 무당도 있고, 다이어리 꾸미기를 좋아하는 무당도 있었다. 지극히 평범한 삶을 살면서도 '무(巫)'의 세계에 발을 걸치고 있는 그들, '무꾸리'의 모습을 생생하고 현실감 있게 전달하고 싶었다.

요즘 여기저기서 한국 호러가 좋은 평가를 받고 있다. 영화는 물론이고 소설도 훌륭한 작가들이 많이 나오며 호러를 사랑하는 독자 역시 늘었다. 이 작품이 그런 독자에게 짜릿한 자극과 맛깔나는 재미를 선사할 수 있기를 바란다.

나는 과거에도 그랬고 지금도 그러고 있으며 앞으로도 계속 호러를 쓸 것이다. 호러야말로 내가 진정 사랑하는 장르니까. 그렇기에 『어두운 물』을 쓰는 동안에도 내내 즐거웠다. 내 즐거움이 독자에게는 오싹한 두려움으로 잘 변환되어 전해지기를 바란다. 이 작품이 나오기까지 수고해 준 모든 이들에게 감사를 전한다. 무엇보다, 지금 이 부분을 읽고 있는 당신, 내 사랑하는 독자에게 감사하다고 말하고 싶다. 당신 덕분에 나는 쓴다.

2024년 여름.

전건우.

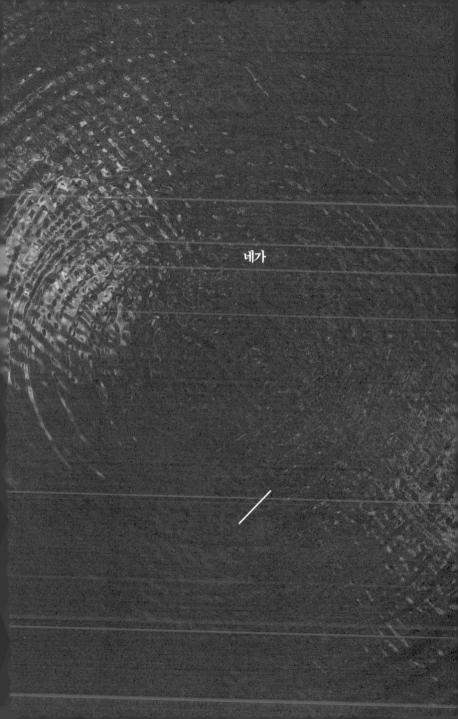

미래의집